U0535081

Leng Bingchuan's
Poetry Collection

荷兰的心

冷冰川 著

Leng Bingchuan's
Poetry Collection

人民文学出版社

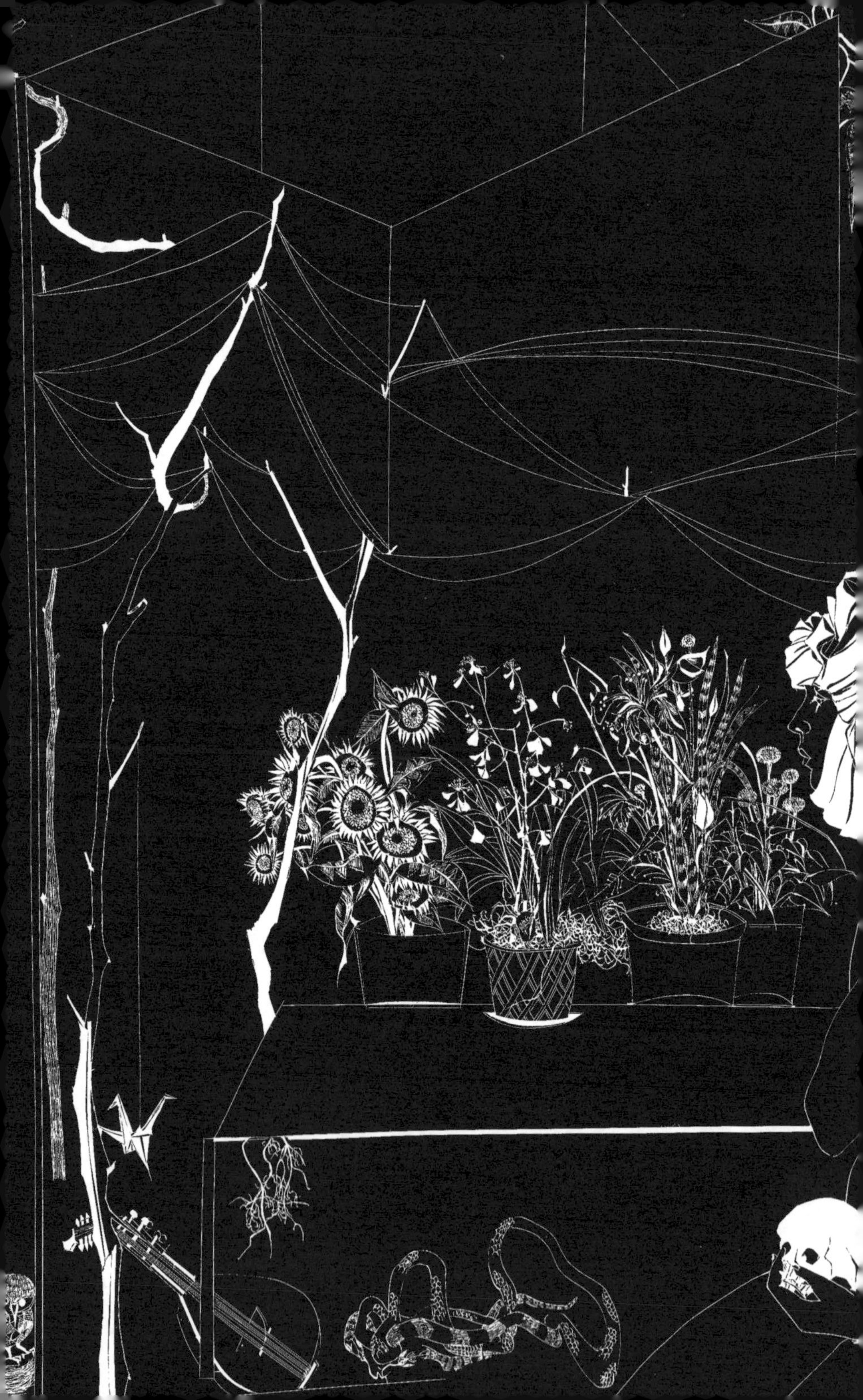

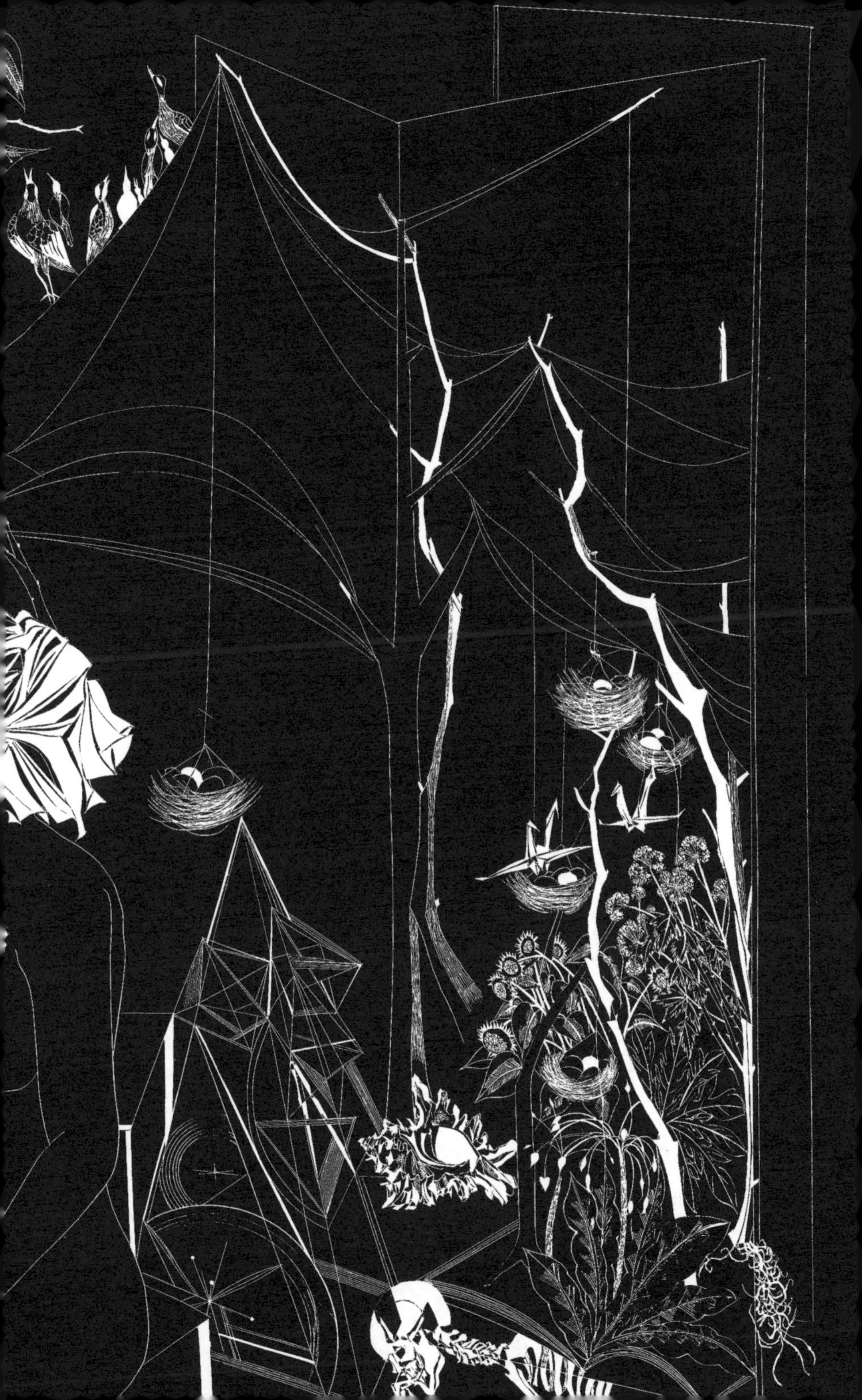

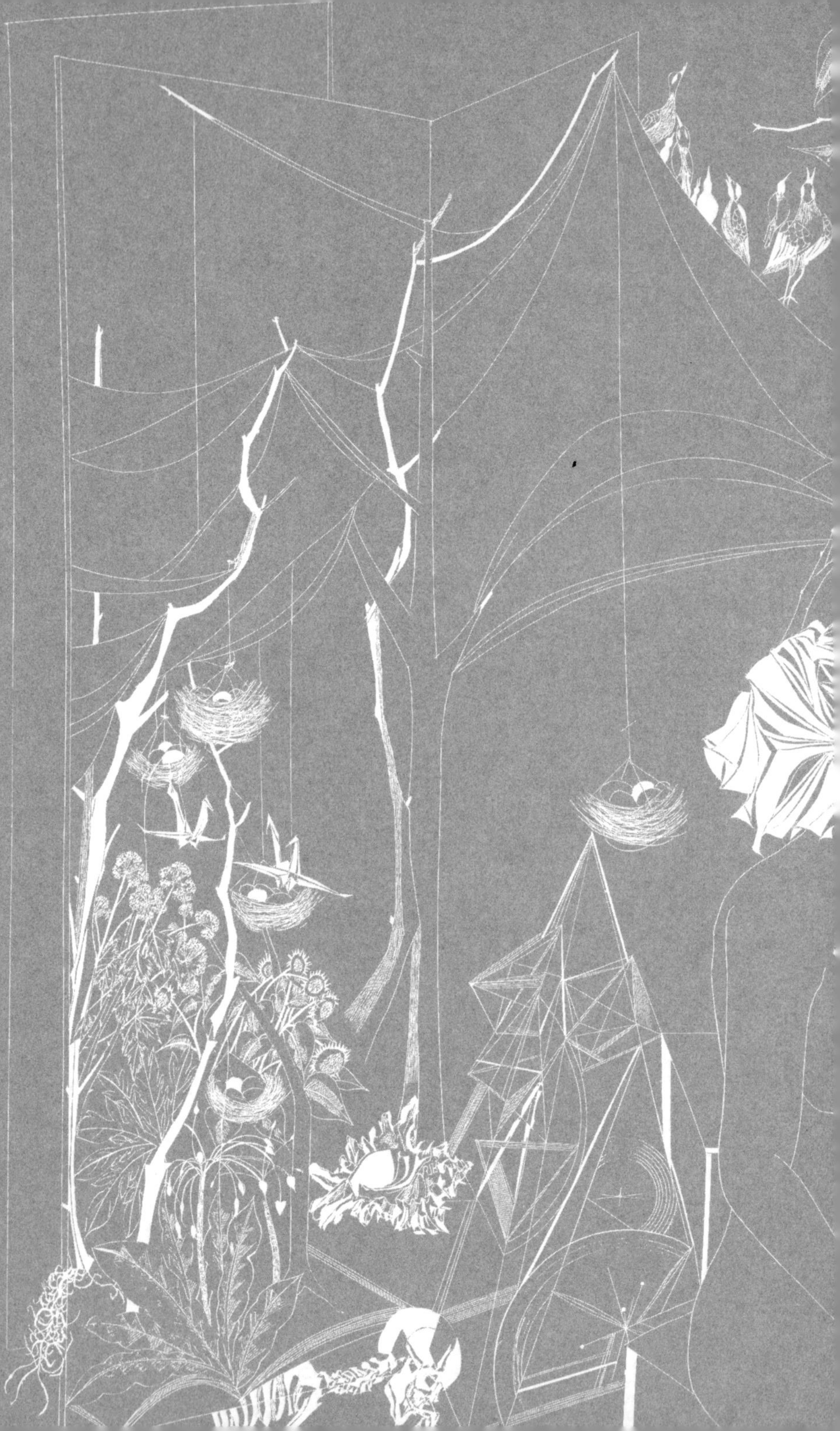

目录

自序（冷冰川）/ 001

关于笔墨层次 / 009

镜中瑕疵 / 010

八月生长 / 012

石榴蜘蛛 / 013

真香 / 014

孤枕 / 016

冬山如睡 / 018

远乡的邮差 / 019

回答 / 020

细雨鱼儿出 / 021

卵石 / 022

纯念 / 024

立夏 / 026

在荷兰 / 027

天真的恐怖 / 032

蚀刻 / 033

特技 / 034

空缺 / 036

血热 / 038

冒充 / 040

零度 / 049

养蚕记 / 050

热土 / 052

信任 / 054

哲心 / 055

你来了 / 057

一克轻重 / 058

1994.12想家 / 060

七七届 / 062

静物 / 064

水缸 / 065

杀花 / 068

净土无故 / 070

发绺 / 072

委身 / 073

低头成镜 / 074

我不能更快地老 / 076

殉情者 / 078

格外的恩 / 080

童心 / 089

十六春迟 / 092

玲珑曲线 / 094

平常的湿润 / 096

一阵风的葬礼 / 097

腹吸的尺度 / 098

恐惧 / 099

多余的淫感不是感受 / 100

归零 / 102

无题 / 104

率真 / 105

创作 / 110

原形 / 111

无题 / 112

是和不是 / 113

在夜里…… / 116

指骨 / 117

巨兽 / 118

千呼 / 120

诚实的底稿 / 129

触觉——节选 / 130

无题 / 133

1969年小像 / 134

放学后的一次远足 / 136

乐土 / 138

怀着童年 / 139

白露 / 140

荷兰的心 / 141

写信 / 145

汤脸刺身 / 148

醉脚 / 151

补丁 / 153

酒鬼的酒 / 154

爱上 / 156

法常的柿子 / 157

寂静 / 158

孤独的石头 / 159

江东大雪 / 160

交谈 / 169

闲花先开 / 170

杜同学 / 172

河西的白菊 / 174

并非此时，并非此地 / 176

喊了一次田野 / 178

九不死 / 180

落实 / 182

给山水性别 / 183

种花 / 184

陈二的姿势（艺术家自画像） / 185

陈二并非如他所愿 / 188

陈二头顶月亮相爱 / 194

为了不出错 / 196

内心 / 209

云天 / 210

都在风中站了很久 / 211

野草 / 212

世代练习 / 213

十二次闪电 / 214

断线的珍珠 / 216

一见钟情 / 217

羞于童年 / 218

界限 / 219

一晌贪欢 / 220

素描 / 221

下了一场春雨 / 222

带血的羽 / 223

太湖石 / 224

诗心 / 225

野雪 / 226

传统的桌子 / 227

光 / 228

灰烬 / 229

街对面无眠的人 / 230

浑不解琴 / 232

枯梅 / 234

兀兀不造作 / 235

正活的夜 / 237

二月二日的笔记 / 238

通则 / 249

跋（邱华栋）/ 263

冷冰川

自序

冷冰川

诗集名《荷兰的心》，是想起我刚到荷兰第一个冬季困难的日子。绝望的字句匆忙、煎熬，三十年后读起来竟是醍醐的快感。火烈的快感像童年，有的是时间，让我想起从前穷困日子有糊涂伟大的情趣。我从来没能富裕过，所以好。

我在荷兰被迫历练单纯和负能的东西，这可能是我最难理解的天真狂喜；价值观、责任拉扯辨认着一种种心。一颗看不清方向的心成为方向本身。一个人在十分诚恳地用心工作时，自以为等于为全数性灵服务了。"全数性灵"这看起来很忙，又笨。怎么笨到真的去说出来呢？想起就难受。——没关系，我们有不同的天性、钝感、纯真和教养……其实有没有也没有什么。

对于我写文字是一场漫长的自我反思、构建和提炼。一切都是灵心的体验，只要是真切的体验，哪怕不表达任何意义，只表达审美也是可以的。我不在乎别人说我沉浸"小我"，我觉得世界在变化，我也一直在体验中变化。"事物"呈现出来的样子，都是人的主观认知的偏、识打造成的不同的看法，我们把这种软肋雕成各式成品。所以每个不同的人呈现每个人的软肋——往往是不确定畸形的感知，你爱上了就会格外的爱；只能用深情来表达这种难以言语的东西——人往往也很难理解，当初是怎么被带到这里的。

青年时我与其说是从诗画中觅得一种愿景，不如说是为了寻求一种不受约束的本真原样（或虚无的灵心刺激），一种无知的穷追不舍的澹望刺激。文艺人热衷于谵妄又不兼容的高空"精神杂技"（但其实爱的是思想者身上的不羁的江湖气与浮肿的热情），一种貌似精深"新生"的进步，果真"新生"了不成？知道的人不是我。人从来只在意自己身上没有的杂耍，我虔敬的创作大抵是这样败北的；因为高空中交尾的词汇肯定比书本多几分姿色。创作人生都近似这样严重缺页的书，很难称其为一部，却仅此一部。一个人冒险，摇摇晃晃地狂喜、悲怆、僭越、寻找不可言说的栖身之所……没有比持续述说贫瘠边界真切谎言的那种心更令人不堪难忍的了，诗的谎言从来比真实更为鲜腥淋漓；但也只有"艺术"这种虚构的东西，才能穿透现世的虚幻让人喘上一口气，所以不必抱怨死气沉沉的笔墨活得比垂死者更接近死亡。想来这是创作吧，把迷失破败或欣喜的字句无差别地放归大千世界之中。

每根线每个字都立刻灵心相连，我也期待历经这一场场不期而有益的胡乱逆行革命，我常唱喏我骇人的粗陋精力（优美我也行）。我一直过于坦率直白写文字，每生出一个浓烈的念叨，心中就有某种腐烂。写、绘的率心真实常让我羞愧又憎恶，还凭空想像了真实心声的恐怖渊深，仿佛真纯心声有着鲁莽的嘴脸。使我下决心写下的通常也是对此"恐怖"的憎恶。创作世界里，人人尽情述说被个体地吹嘘所勾勒扭曲的事实，虚假的嘴脸抛掷得足够高，为了弹回时能坠入统一命名的高光世界。

我写作的激情和对象很容易分散，激情的"无聊"圣性兽心、骨火与损毁，像没有终点的诗；我早已屈从它们模棱两可的虚构，人生又不仅是只做值得的事情。激情两可的写作像敌人一样四处侦察游荡，每种欲念里都有一个僧侣和一个屠夫在打架、热情劫掠。最自然的灵感就是这样自由无拘地打发人生。不幸是这灵感常常依存于我的粗野无教；其幸亦如此。（自己给自己树敌，激情的敌人总来自无聊游荡探索的青春自身，我只是忍无可忍听下落的锤音节奏，只要这节奏。——只要这节奏尚存，粗野虚无的青春便永不消亡）我们不都是在它渊深的周围放浪地转悠？从它身上骗取一些眩晕之后就逃走了,好似一个深渊骗子。艺术里的一切不过是苦心杜撰的美好和羞耻,尽管所言有限,但它的来临和消亡一样是一次次爱的如此盛大的考验。如果曾有许多岁月留下来——能留下来什么呢?那成群结队、形色种种的灰烬,其灵魂深处都必有一个乡巴佬。我用脚走了一下朴实(只有梅花是知己),好在灰烬深处尚有余温——为了抵达虚无的上帝,竟要取道信仰。

我曾经相信诗里青春性命的永恒,但性命欲望激情精神都一样只想在巅峰集市上装腔表演,变换以次充好的热情、乳房、高潮……自由的视角存在着如此明显的缺陷,我能辨识就好了。幸好我的愤世嫉俗十分成熟、不拘,比我的简单走得更远更远。我要失忆枯竭、又看不清的方向,我要更远、更边缘、更折腾的体验,一种不能具体的自我寻找、重组、不拘之反思,我要依次为内心困惑无情的疯癫事物朴实命名,用它们原来名字称呼它们。一种野蛮市集上的无邪单纯才好。明明更好。

生机往往都是自己产生的,没法教、也没法安排;那就自己想办法、自己发挥吧。人心创造的"事物"(蝴蝶与坦克)都是认识出来的。每一个销声匿迹的人,都在自己的世界里打着"自我"最硬的仗;并从中找到生力和心的安宁。做什么创作都是如此吧,写画重要,但不再那么重要了,最重要的是人偏偏想表达的自我。疯都疯过了,又何必较真?

人被迫谦逊,被迫隐藏自己欲念的真实,这竟成了我创作的大部分。多么遗憾,我所言有限,要不是常常希望失去一秒钟乃至余生的理智,谁会在欲念损失中耗干自己?

最后,如果你想发疯的损毁,但愿你能用婚誓的名义。

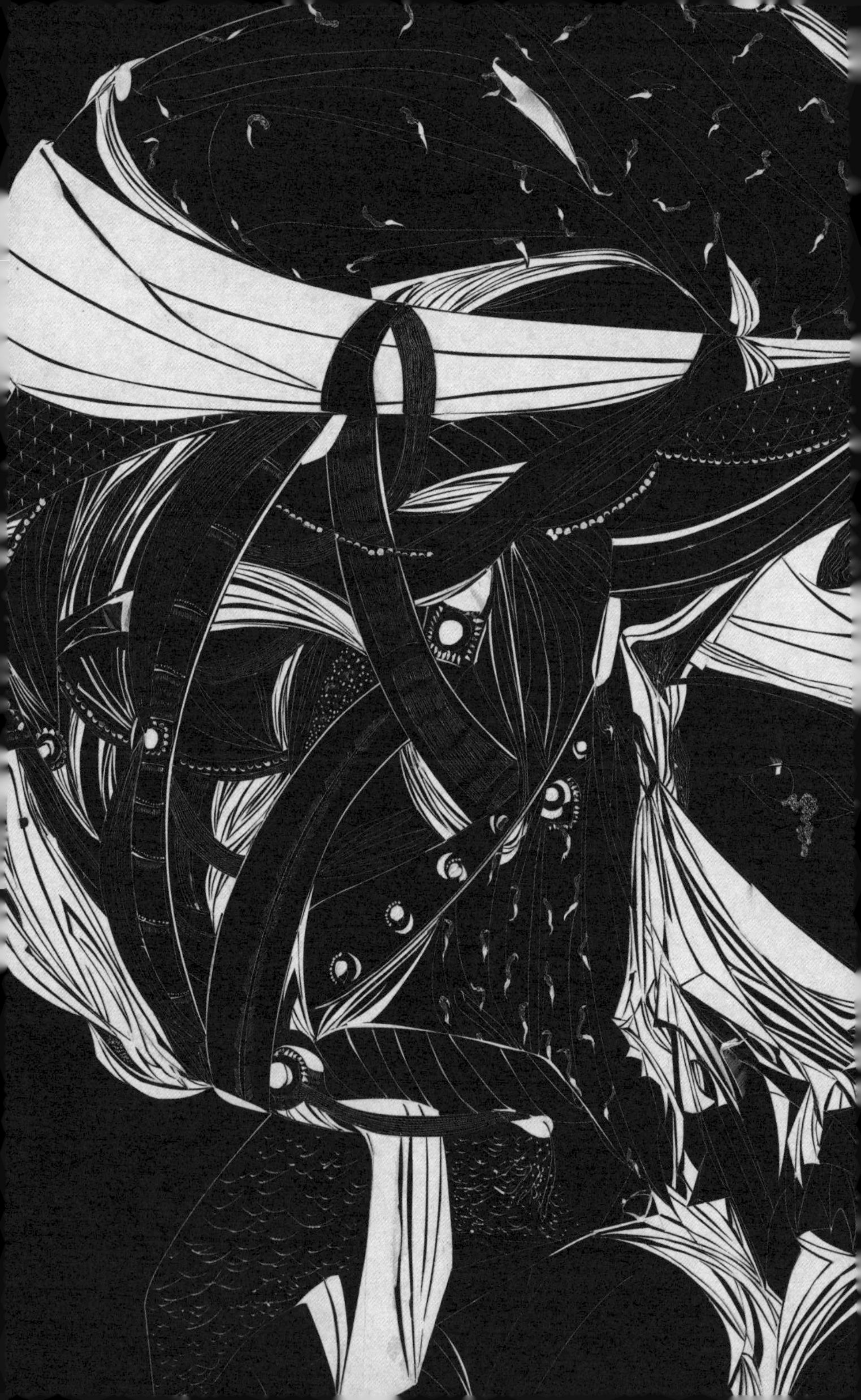

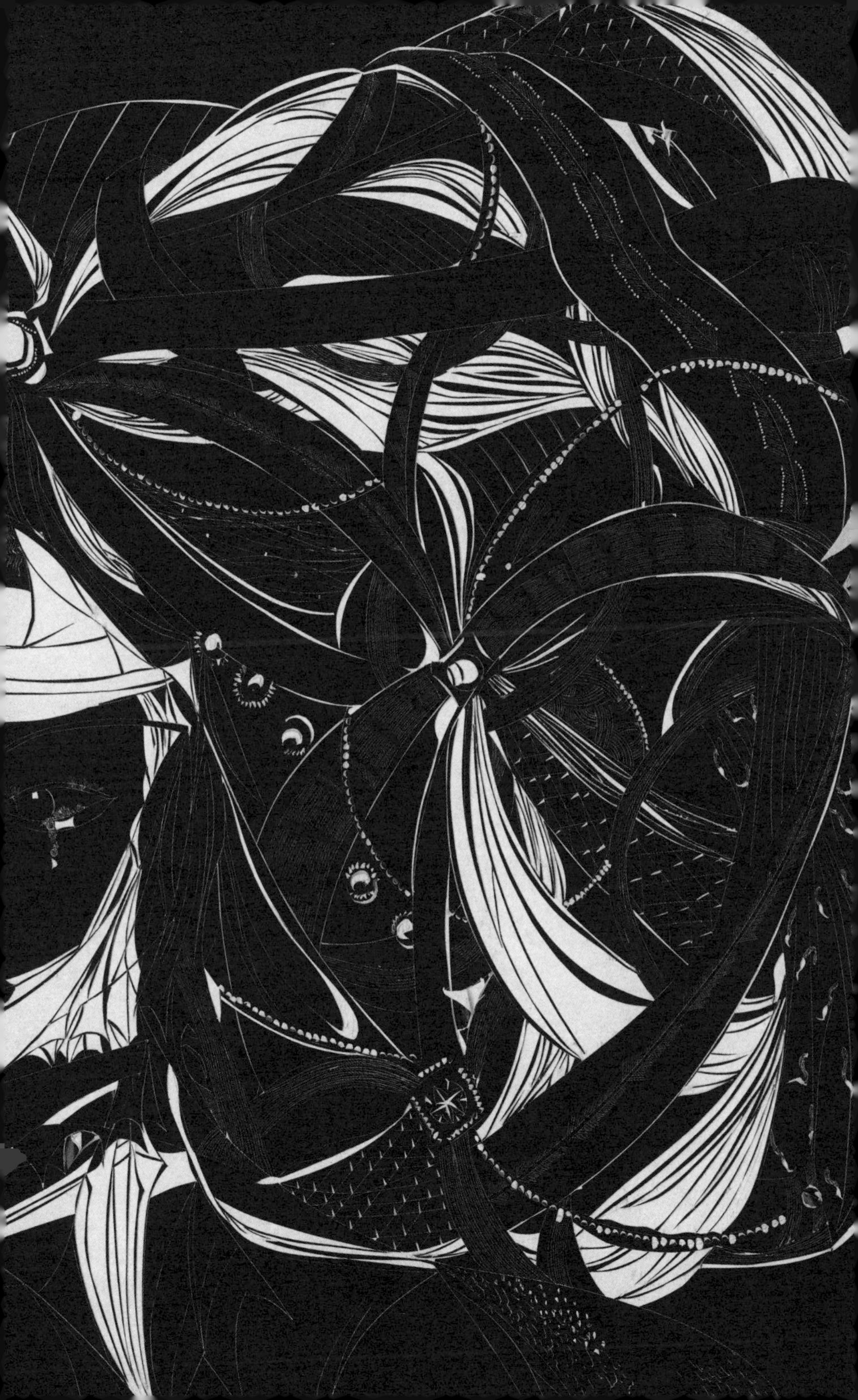

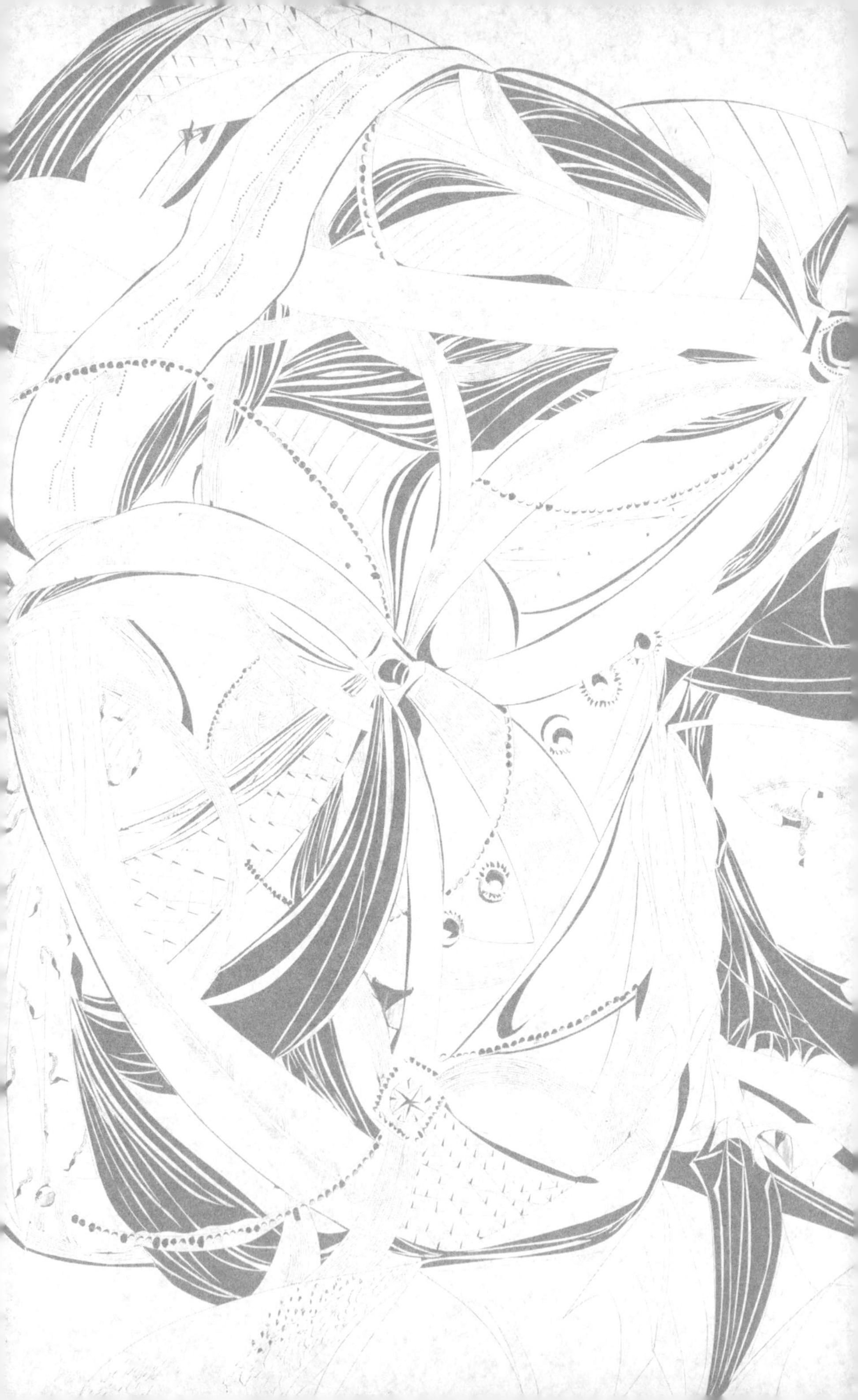

关于笔墨层次

从一句到另一句
从一层到另一层
浓黑随时准备一分为二的渊深咬痕
那雪白不是对你山巅空白的否定么
因此你高耸的乳峰写下的简单成色
不过是人无法相拥又无处可寻的黑夜黑马的样子

那些贪欢的手指是谁的技法
虚构了烈火、小贼
天下的灰烬

2002 巴塞罗那

镜中瑕疵

六英寸的号角在
地板上
结成杏核的你
依然用颤抖说清一半　　胎记

所有这些沙砾的情欲披风
以它们的舌头　　和荆棘
蘖攀出自己的火炬　　和心

从优先活着的最深处
让活着活
让死去的也洗你不死的心

深种的葡萄种
深了又深
从
葡萄结出加冕的石头
和脱缰的膝头

也聆听了你安心的誓言
卷曲的指戒
那光亮在你身内游
与蜂拥的词一起

划出海峡的名称
和闪电的草图

从沉没的鲸额
我读你——
你也认出了我
一个一个补丁
和四季草木的领主

哦、哦，镜中的亡魂出走多远

2015 巴塞罗那

八月生长

你说八月露天的普蓝,节节生动
是否夹杂着混乱狡黠的灵魂生长
爱上一种根本不能回应你的赤血肋骨
属于哪一种疯狂?

譬如,限于绳索但不限于一根绳索的野蛮粗喊
肋骨像失控事故开采的斜坡
一心不乱把你抬到另一个父亲的儿子清空的位置

错误的颜色意识应是值得庆幸的事
经过了你的手,我经过了你的脚印

五月油桃的味道要追上你的蓝了
追上你掠过群山磅礴的云雨
追上你辽阔的姿色,要过三座龙王老桥

2008 巴塞罗那

石榴蜘蛛

别来可好
浊泥塘透明鱼身体里有心有刺
海棠间漏下的阳光有灵有渊有马上高高兴兴的好姑娘

那些扑翼的花和虫哪里去了
青山枯黄、轮廓线不变

1989

真香

那些杂然触心的七情草籽,水火,灵魂的狐狸精
一次次在夜里

急急快步穿过一只鞋
和它的急雪

不,不。

悲伤的雪隐入后夜话别的背脊
是石头,是血肉。

一只猛禽盯紧
夜的轮廓
夜晚还不够丰满

却试图抹去我躺在六尺下的深重忠实
请听我说
白昼也不够充实

那些伪装成鸟儿到来的掘墓人
常在坟上撒下花种、酒水和别离的凶手

我挑拣誓言，挑拣花朵，挑拣菩萨的密室
风将长夜的尖叫抛在我的坟上
三千里的光线刚好让我去辨认
沉鱼的文字和秋风寒雁的草稿

真香活着

1994.12 巴塞罗那

孤枕

你逃着醺醺的锦色面具

一根筋,手脚忙乱的体温瞬间劈波测过一个个安静的街口

两岸的雪跟着邮差问路　一直下到齿白和月光加冕

晚风纯洁的秘密腰带

反复练习着清澈

要给长发翻飞的人性一种有意要在路口解放的外表

雪人佯装举了举可疑的此类昏话　和天真

不可测绘的尺寸得到了一次鹅毛的悲伤矫正

只为深藏你犹如十二发青枝的童节灼烈

杯子是好杯子但是倒影陌生悲凉　选读了你丰澹双颊的土尘和异乡

悲凉注定用了入诗的减法,和你说的杂心品尝

你不知道已经浑圆、鲜艳的信誉究竟取决于哪一次偶然劳作见证

纷纷的雪就被美妙了

快得像命运里拔出的一根刺
比命运还快　太快了

只有玩笑才听得懂食指花落刀刃的金石誓言　和顿足
就仿佛每根石沉的钉子　和沧海
都需要不止一次被埋葬的秘密　和天真

2003 巴塞罗那

冬山如睡

这是早年的一幅据火车上速记的西班牙冬景草图画成的。对我来说写生也是可以游戏幻想的。可以把自己的经验和欲望集中在任何地方。要体验单纯的风险——还是要体验风险。

我们人的特点,就是犯神绝不犯的过失。创作中过分的拘泥胆怯是心里的小算盘太多。对拘泥实证的人,幻想游戏导人迷误、谎言。其实任何发自精神的话语都是贞实有用,但又不能太当真的。太当真了,愧对于无邪良心。因为喜欢朴素的心,所以喜欢华丽的梦想。

为什么要同性灵、同比喻、同神话同自由的游戏争执呢?

远乡的邮差

雪草上残留的白云，谷粒般的饱满干净。一如月光下灵魂逆流的脚步，写出的故乡日夜逃脱，像嗷嗷待哺从未打开过的眼睛——你不可能真正了解故乡，除非你穿上故乡童年的鞋子，陪它再走上一段。

童年的车马炊烟毫发无伤，童年的小脚神仙也没有停顿；童年胯下的沉雷、老狗、时光夹角里无数秘密的鸡毛信、光屁股的美好是否属实，但如果是我听来的，它就是真的。大雪大风过后，总是格外的晴朗，直到我完全匍匐在千万里外捎到的一字一句的故乡，把我想说的话跟耕种在牛背火种下。没说出的话咽回白纸，写一树树家乡梅花的胭红种子。那小于心、刀锋、笔间的故乡从不说话，昨夜北方刮来的情人被风吹的单薄，种下的雪，火，族谱，白头，发梢是个人，在无主的土地上，我们纵怀大笑……左手茧子马刺，右手广阔拔节，一会高贵，一会卑贱。

回答

我只想把你人情的无聊

一寸一寸砸进

一支剑的沉默的心跳

——写诗的人也看不见

我坐在冰冷的铁砧

等等你逃难的浮世和绵羊

你却却却……省略了雪

亿万次开出风风雨雨的梅花如来

也好也好那我把你的厚雪重新砸进

着重埋伏的梅花——枣花也看得见

师姑原来也是一枚剑

1994 荷兰

细雨鱼儿出

细雨的名字不多　自有一种心坎而来
问到石头　问到青灰　问到少女

你投下
描红的篇章
石锚和鹰斧
还有一轮糊涂的新月
点到了人间六月的清凉

只需一些湿润的空气
一些漏下的光就够了
青春干渴的胸腔隐匿的群山　谷地　露　血钟
不是我的主题

你总是孤独的走水
没有流水你也不能存活
放走悄悄来过的雪与脚步
你也无法死去

你一定是悄悄地来过了　看过流水的忧伤　疼痛的日子

1996.7 荷兰

卵石

未吻过的蹄铁
认真唱过你

悲痛的舌与齿
在心坎的斜坡松松垮垮地睡觉

不为任何人任何事物
站立一条大河的深度

从你,到我
推算着北方的天然落齿
南方鬼魂的吟余

相撞的鬓角、膝盖、土地,披头散发醒了
它们全来了
咸味年轻,伤心也可以随你生吃

从时间蚀刻的鱼鳞、弓弦、海枯草的鞭打
你沉睡的锚
没有放过垂钓者镀金的
弯弯犄角

你的箭迹嗡嗡
光脚书写失传的
未被思想触摸的
亡命孤雁和菩萨

直到恐惧深深屈尊你
大象赤脚的名誉风流
杂种的脚跟
一行一行是空白

2004.1 巴塞罗那

纯念

没人知道我心细的纯念
其实叫不出一道深深深的　呼吸
在一个无水之乡
到处有你绝命的心跳
为我写着长信

你固执的目光　养得这么好
一地的燃烧
却不一定懂了
草惊中掠风的翡翠和狼狈
早已用完　几种完整的死亡礼貌

我认得你傲慢了一会儿的小妖
舌头和生根的表情
在拔草　苔叶细细长　手指划伤

那被四月物种提取的鲜新中
你羽上的云烟　已被三次动过手脚
剩下的逼真已经很少很少

常识告诉　凡你想隐瞒的朴素冤魂

肉生刺痛

一转眼就苍老无比

你　伸出的小手

一伸就是一生

却无法握住我从山上下来的随风脱骨的轮廓　和英俊

一丛丛地采摘　你顶针岁月的吃力

与万物

想像双乳下一堆雪在坍塌

一寸寸寂静

长得比我的敌人更高更绿

统统是归青草的脚跟

那些草和哀悼

一寸寸　从冬雪飞来

你失传的北方独坐

白茫眉间　心一心一意远去

从来没人能懂

你火的往事

2002　巴塞罗那

立夏

一支花骨
浮出花房
呼吸黑夜和黑夜的白云
悄悄地描下 一只飞虫的心情
花儿落地之间
我已完成 一次
壮阔的私奔

1987.4

在荷兰

今夜,天上没有我要的那颗星星。但是会有的。我曾经见过。

去成为天地间最年轻的、最致密、最有益同时最不显眼的部分。

寡言之声。只有这种不可能的东西才令我感动。当然这沉默是被高估了;寂寞的镰刀收割空旷里寂寞的灵魂,都是捕风。
——别四处张望,你的孤魂已经走了。

我的绘画不需要主题,它只需要黑色。黑色这样的力量自然会有很多的敌人;我自然是不会辜负这样的争斗。黑暗吞了我,然而光亮又使我消失;终于没有死,这可悲又可笑的草稿,多么难读啊。
那么那么多年潦草的字迹,有一半已经忘记。

当我在表达肉体时,我其实是在说"不是"肉体的每件事。
我作品里的女人都是虚构的,
只有欲望是真的。
清醒是最靠近欲望的果实。

淫感,总是强行出现在我的创作中,无论我多么拒绝、多么漫不经心;但最后,一定是我把它埋葬。把它埋葬在深深的美好里。

我在这个冬天要学习如何做爱。
这个冬天有许多枝桠干什么？像梦里的阴影一样投来，而人却没有醒。
人醒了却期待着与阴谋匹配。
阳光么，极其优美、神秘而且通俗易懂。而且只有纯洁。

把所有最美好的都播种下去，再播种下去。艺术家的任务就是清洗种子，并播在心田。

我想法很不老实，但画得很老实。还配上老实的纯真和幼稚。啊！血淋淋的浅薄。其实一次虔诚的自由投入就足够了——一次就有了所有的真身，一次看得见至高的人心了！

我喜欢偶然的奇迹。每种关涉到性灵的奇异种子，都为自己变成的样子吃惊。
不假装这样都会显得太傲慢。
就像夸张的恋爱，起初是一个意思，结果是另一个意思。
这些赌注。这赌注会不会是
人对恋爱的特殊反抗方式？
不反抗不能获得深刻的感受呢。

我画布上只有意外。（意外也是真实的一部分；就像不能表达的内容一样。）
而这意外又损坏着它的陈述。

画布上我只相信原始状态。我没有拒绝，没有反抗，只是言说，不指向任何意义，如此而已。

最初的星火都属于自己，是我们早先在溪流里醒来时最自然的梳洗。

我不可能很完美，你想连我犯错误的乐趣也抢走么？我的缺陷是我个性中的一部分，我的缺陷你都无法学到。上帝和我们都被明显任性的完美瑕疵欺骗。

渐渐地我发觉，我很消极的时候，往往有所发觉。两磅的消极要比一磅的爱更艺术。我曾经的很多努力让我惭愧。

我不喜欢清白无瑕，也不喜欢堕落，而只喜欢它们之间的争夺较量。这就是创作。（那些亚当夏娃吞食果子、无花果叶掉落的瞬间，都是创作。）

后来我才知道，即兴的灵感或技术，它像划船不用桨，全靠浪。（也像唱歌或舞蹈的排演，它不是越排越好，是在过程中当你觉得仿佛不用排就已经知道了一个预想到的意义时，你就得停下来。）

浪来了，并不拥挤，它来了就是唯一。

我的感觉配置让我无法与人正常应答。我是外乡人，更像逃亡者。

那些化艳妆戴假发的情节。你看我看你啊。

在天真和上帝之外,魔鬼是必须的。因为它也是鲜活的创造;就是它把死亡都赋予了生命。它常常让我飞出舞台。

我画过所有的青春岁月,有一天它们都被卷进火焰。"青春岁月"不只指年青,还有短暂的含义。当我沿途席卷所有事物、光线、角度的时候,出现了另外的光,另外的角度……那是生命本身。你害怕短暂吗?——怕!不。我从不表达短暂的。也没有什么年轻的东西是短暂。

我一直都画自画像。但我从来不看着镜子画,我觉得布上的、纸上的都是我,就是我,那些花鸟虫鱼石木山峦海洋自然线条……那些感觉对的、感觉不对的都要把我数进黑色的喧闹。黑夜一直是我绘画的语言,我只站在自己的阴影下,外面也没有别人发自己的光。

如果说我的作品略不同于别人,那是因为我从来没有创作方法。我总是从我不知的地方开始——每一幅创作都从"不知"开始……就像每一种风格都有一种局限一样,创作中你滥用熟知的东西,一定是在运用坏习惯。创造永远在未知之中。

我的作品温良如我,怒吼亦如我。我纸上的作品是诗人的,我画布上的作品是怒吼的。它们都属于一个热情毁灭的神话。

一夜间我把布上不能完成、未完成的作品全部染黑。不知道黑色的激情从哪里来;晚些我有所领悟,不正当的黑色画面激发了我胡思乱想——胡思乱想尤其解决艺术里的关键问题。人需要愚蠢的借口来做蠢事,特别是创作,不做蠢事,简直无情。
若不是自己亲手埋葬,怎么有那么令人痛心的东西呢?

我只和黑色对话。

天真的恐怖

没有任何一种（艺术）风格能收容你的天真。

给你讲讲风格的灵柩，阳光下的欲念，一小把童年……

让我给天真死亡一个理由，反正天真任意编织的结局，都有动人的真相表情。

蚀刻

手追着利刃

沉默在水底残杀

岩石和捶击叮叮响的坟墓

借火之手点燃（诺言卑躬屈膝诉说真实

我的手也死于无奈

没有人比我更像我

迎风而卧

讲你的事名字清醒手也清醒

没有人像我

为一次仅有的

潮汐

以身试崖（请先责怪一棵被种植在脑中的树好了

那刻蚀的根茎，有崖却不知足

实际上不责怪也可以

1998.1　巴塞罗那

特技

一

油腻的双手
反复挥霍、遮掩
赤裸生长的蕨草及蕨草里的甲虫
一个个无影的魂灵
面色铁青

这粗暴冒充的牙齿
箭一般细的
灵魂们　停下来对话
把残余赭石铺进我的眼睛

你已不在生活那里
乌鸦悬吊的单爪上
你说你要单纯地歌唱

省下的牢铁殉葬和纠正的乌鸦
别写进你五光十色的二手捶打
那是与人素未谋面的金子练习

我自己也坐过独技的牢
如此孤绝的练习
一个一个警告
才又
做回了自己
像换衣服一样的绝望

二
你临死的恐惧　不愧为老手
比献辞热情多几分姿色
自命不凡的架势就像死了很多次的杀手
临死的特技松了一口气

三
每一次成功活下来的技
都是一条我渴望溺毙其中的河
新生总有"神经的神"垫脚
但灵魂深处都有一个恐惧的乡巴佬
比谁都单纯

1999　巴塞罗那

空缺

你是孤岛

差遣蛇形步脚测

一阶阶的背叛　和死亡

火织出你无用的虔诚　小心

坚涩的犄角

丢在荒草

你就此

抛锚，镏金的脚踵

装满沙子埋了自己

你生出的地方

穿过洪水

说出来就朝南

我带着闲云、干净的稻草、石头来找你

小小的夜　在你

带我走的时候

就咬到

风雨大作的十丈号啕——面具戴花留了下来，像卖春

所有携迟来的鲜嫩败坏
我已活过
所有这些无用之物
早把话说到我手中——
咬一咬宋朝
所有依然的
真纯
真在下面
扫墓

2004.7 巴塞罗那

血热

什么也不能停留
今夜
也没有命运的手
为你种雪,认领异乡流风的新娘

暗黑中你怒放的蝶鸟、泉水……
比四周所有真实的茅草高
我们不相认
那东窗的坟
说了粗野又赤裸的事
山上只有一盏孤灯

我在远方九次无休止地燃烧

像火像山神播种

多少个夜深我听见风的沙粒又回过头来咒骂

说一种我听不懂的蛇和鬼魂

假如自我一定要有一次见证

你盛年皮毛的草和草席

我会把鞭子、命运和礁石都种在你身上

1995.6　荷兰

冒充

成年人安睡　卷曲的半个月亮
一撅香
写在你秘密拔出的海上

独自走出来的大象已死
你无精打采的男孩　安静地
张望　目光相遇所有苍老的云和地平线

一个因忠厚而无能分辨的拘泥形式
像发疯的人从山的另一侧刺出来
除了你

风的队列里　人人都是空空
带着活命的泥土
人人
都想冒充我
　喊你吃土的名字

1999.11　巴塞罗那

月如霜
45cm×36cm
2000 年

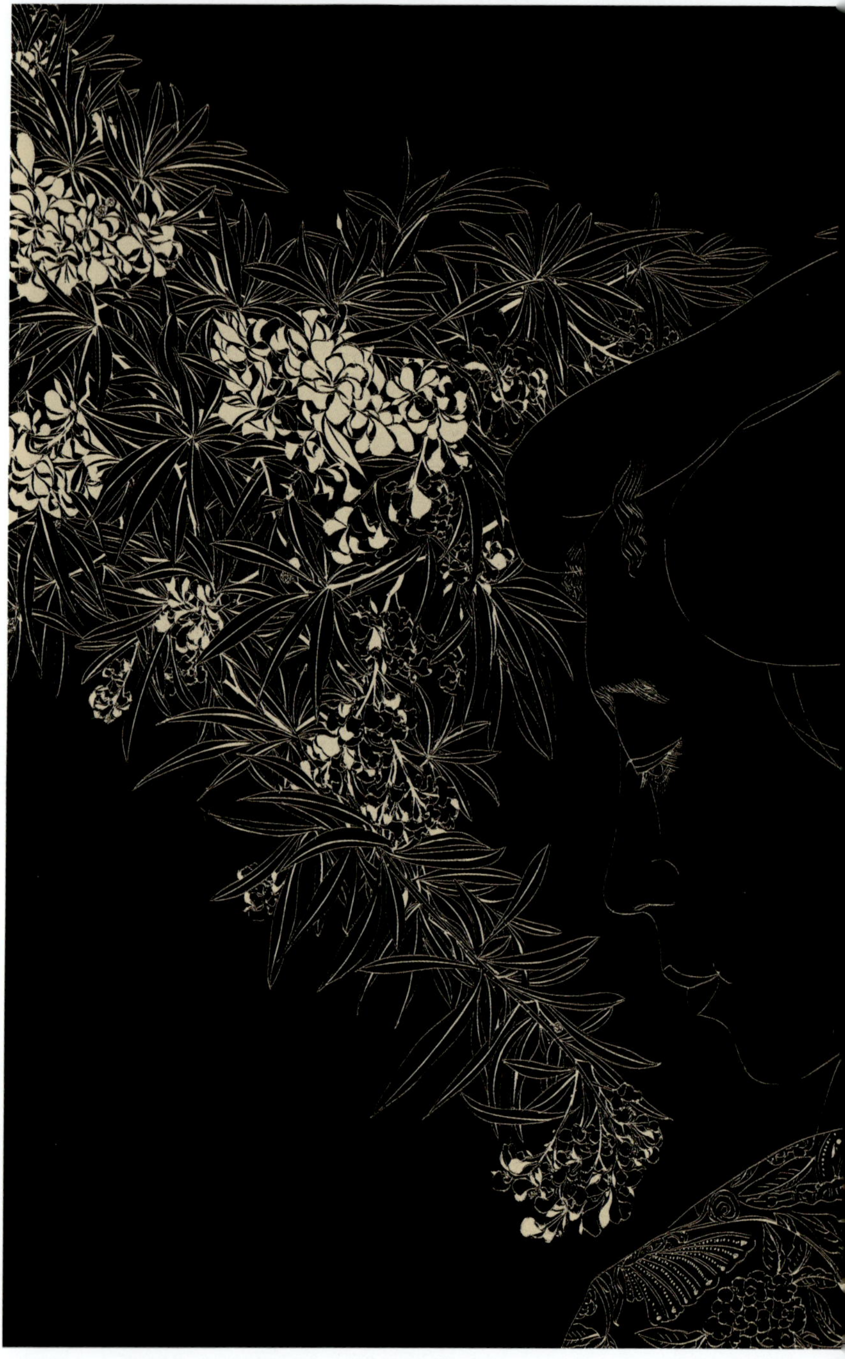

夹竹桃　38cm×50cm　2013 年

夜如花的伤口 之九

70cm×50cm

2011 年

零度

如果不是从身体的
每一个毛孔　渗出来的句子
你也不会刻在
简单平常的地方（正常，是为别人想的衣冠冢

噬真心之痛，不能纯洁
因为它似乎可以
为每个独特的错误开脱、掠夺

并在平凡的错误中当场抓获自己
"当场"，是要灵魂铺天盖地的粗野
和致谢啊。

保重。

2005 巴塞罗那

养蚕记

桑树专注于春蚕受孕而成的秘语
含盐的小手无知地
追枝上夕阳最后落下的角度

一种稀奇　是早春寒冷的铁石心肠
你意义不明的节令
让我炽烈的乳房涨大硕壮
挂满露水　快快出门赶在小红前面采摘桑花

早春我常为了没有桑叶气得大哭
听见了蚕花开的叫声
两袖的方言　无声地长成了坡上布谷不清的强盗和树

带我随便落到哪里去吧
被空腹的蚕宝追赶着
我的眼睛早已看不清
去年你振翅出茧的沙沙秧歌

你是要哭一哭的
飞鸟慢声声又能飞出什么样的早日桑情

南窗北窗的蚕匾为你挂着无数饥饿的月光
饱了归你　饿了摇来摇去的脚步
也归你

其实幼蚕的饥饿也不是你的我的
它有你做梦也无法到达的夏天

1994 荷兰
(童时养蚕和同学抢桑叶不成)

热土

关于桃金娘的夏夜,你说出了
水的表情和千米外风干的茎梗
泥根里弯曲的犄角在玷污中
保存着光保存着火的呼唤
伸出手就够着你
此生最耀眼的

向阳的花冠。那些侧耳倾听的胡髭
万物的叶尖涌向彼此
用大海藏了你丰饶珍珠、天空……
假如你无法用大海思考
至少歌唱吧。——但我不能告诉你
我,我正等着冬天爬上我的衣袖

写最后地老天荒的爱情火焰

回声　脚印　回忆　毁灭

确实我疯了
但那并不容易
我爱无法理解的事物,爱无法原谅的事物
那是给火的稻草

荒凉的石头如此荒凉
一个寻常的风流也没有
是不是已经老得没法让我分段写例外了

2003 巴塞罗那

信任

我总是模仿时光徒劳的书写
模仿童年的信任
风死在我手上
夜死在我手上
神死在我手上
火也死在我手上
而你,收容了我的赤身
却死在我手上

1996.11 巴塞罗那

哲心

创造中,石头也可以思考。

一切都是种子。但只有几粒发芽。

在没有挑到最多刺的那枝玫瑰前是不能歇手的。

情感深如大海,我们不知道它的深浅。

涓涓细流聚集一起就是深渊。你永远不能凌驾于,也不能失去深渊。

人之深情,能动一人,也就能动千万人。

人总是屈从于烈火,并在其中化为灰烬。

苦酒也要饮到最后一滴。否则不能展现真正内在的信心。

无情是深情的残骸。

一个人为他热爱的事物所伤害。这就是寓言。

刺瞎人眼的是光芒。

不知不觉不见了的东西,有可能是最美的。

一棵没有枯枝的树。我忽然理解了严冬残酷的手势。

深刻的悲伤使人流不出眼泪。流出来了就害怕自己不够真诚。

你来了

荒凉
织进呼啸而来的
霞光　和右翅
时间的铃铛
做巢而出　和树木箴言一起
伸出多刺
花香
不独是花香

那枝土耳其丁香　一片胡美乱语
伸手去够一个此生
腔膛里没有什么颜色在说话

是的
时间染红的灰　一丝不苟
与江山一起黧面
　　从门槛到门槛
　　　　赤条条的比你多一次死亡

1999.10 巴塞罗那

一克轻重

一个无名又生动的小鬼
总在不经意的时候出现
从我舌尖上飞来飞去
服从着偶然的生动,和烟尘

春酒,梦,水的舌头……
从镜子里瞥一眼自己
就像一头古希腊会飞的
词兽
那是一根被拔起的树惊
带着吃草的牛羊
还有吃草的马、树叶私奔

一只乌鸦,步履不停地
落地,落地修剪
那深深躬腰的妇人
请向流水中灵魂的容颜
讲讲你的事
讲三遍,九遍

我认得你,镜中未经我们默许的
如风的王者,你藏在我身上
深入了很久,没有多余的自由

于是
漫长的影子投在落雪的墙上
划一道贞洁的线条
这一刻
如此完整
不欠死神,不欠苦劳心

2011.1 巴萨罗那

1994.12 想家

孤夜早早扑来的浪
说完我身体里的盐
我南方的三月
写成即告死亡
随着荷兰不停的大雪大雪大雪

轻轻路过的风　撩起了性命贫穷的裙子
石头跟着石头的不幸
生生生走到河边
你心死不会说出的咏物
哭了一整夜
一秒用了一秒　你被洗成另外一支笛声里的人

我不会掩饰这样的皎洁
我就是不想说下费劲的泪
把死和诗睡成一个个贫穷的人
熬干的骨头窃窃私语
带走所有家乡的河——

我对家乡尽孝　因为都已老了
纵使没说实话
哪怕只一次你无缘无故的悲伤
那么你已经悲伤了一辈子

1994 荷兰

七七届

你说你要去长满葡萄的山上
释放雪　和成真的体香
你也计算了狼山上的狼
月光　和我泥足的自画

你走在长长的桥上　停下来　那叫长桥
胸上铺满阳光的金松针脚
那雪白的白
生于崖　却开在我稻花的田上
　　——刺瞎了眼和蛋
还有、还有乱发的小妖、荼毒、农夫和江上的灯塔

失明是你给的
心境却是我摘花的一篮
醒来的雨水替我吻了一遍你的丰登狼藉　我好想看见

其实我也是一个赤着双脚手拿竹鞭的小孩
吊着青铜吊着裆／骑着马扎　匆匆向南
我像是丁香花落得很晚很缓很荡浪
觉得躲在这儿好苍白

我不会飞　也没酿出蜜
但我为什么在悬崖
留鬓角慢慢变白　一言又不发
所以你活的伏虎乳房
写了又写　写了又写
借着人间十六　像阵雨一样落下

2020.3

静物

万物　轻敲着
跑调的卵
一种
盛夏的干草和伤痕　五光十色

那分明不可驯服的谜语
一眼看去土里土气
乌鸦蓝的石碗　乱跑的石竹籽

我就在你深处
划分浇祭的
　　忧伤尘世

用大雪的沉默　和鸟啼的军旗

2002.2 巴塞罗那

水缸

一

小时候家里有一口大水缸
夏天的时候有盖
冬天冷风很干净没有盖
没人的时候它就像安静地死去

春雨的季候
它晃着满满清水　不舍昼夜
那是屋檐兽头流下的浑浊清洗
像一张水墨画
一幅少女好看的时间
只一刹那就完成了落花的清澈

很快夏天到了

有时是燕子,有时透粉羽翅的青色虫子

飞到一碟咸瓜一碗白粥的家里

说着脱胎换骨的意思

一弦一柱

你是真的吗?白发的时间不声不响落下

我还没把乳牙种活

你们来了又有什么意思

一根压弯的枯草站起身来　为雪夜

合上美人身轻如空的盖子

二

让人觉得童年遥远漫长的不是时间长,而是两三件不可挽回的事

水缸里落进的虫子,扑停的是我不停流逝的良心时光

一个一个孤独垂死的瞬间,让人不安

光阴果真流逝让人心安

三

使命运复杂漫长的是虫子和我都不熟悉的扑腾、阴影、死亡
一个瞬间,虫子大彻大悟自己究竟是谁的瞬间
轻得无法肯定下来
虫子和我瞎子一样接受了格格不入、生而不得存,
又不得不相互接受的事物

水的事情,坚硬。没长短

2003 巴塞罗那

杀花

我唱一个荒草的名字
一个永远不能回来的名字
那些游荡于无尽的
美色、甜蜜、丁香的火绳,还有还有掘墓人的脊背……

不,是青春的火绳虎符

那些暗夜里发光的蚀骨
再配上鲜花配上虫子
那些造物的杀花青春

现在好了

在微风和格言的丝织里

唯一醒眼的　是我匆匆剪出的一道道加冕和双倍银子

不像你我的泡沫横飞

别等它变老

别等昂贵的浪沫

时光的磐石　也不能相遇

跺脚成雪的盐与月光

要把我引到它的跟前

她不会来的　她不会真来

因为那是杀花的爱　与坟墓

如果她俯下身来　只是给

刻骨添加深渊酒性

连坟墓也招架不住

2011.11 巴塞罗那

净土无故

瞧　你瞧　是什么奔跑过来

把脸跌进火焰
跌进你鱼尾的石头
炭火的指尖　照亮我
丈量了山河中丑陋的韵脚新植
你还坐着
却没有肉身雪耻
描红的炉膛
映雪
一定是今夜并通过夜
为一尊鸣响的青铜

取下红色一点

我是歇脚的猎风
我是彩虹是虹里的锈剑　我是挑旗者
我听见你整个夜晚的脚步走下大海
披一枝杜甫的松枝
你遇见了死去的东西　我遇见了你血吻的腰肢

我要沉没在你的身边

埋下我的山河、树、石……

埋下我十万匹的尘垢、蓑衣、火瞳和结局

在每个死亡的刻度都停下来

朝着东方

2007.10 巴塞罗那

发绺

你一丝不苟的发型
每一根针刺
都，急急要
越过头顶
百般的顽皮

带着旧希腊的梗直的词精

白发　那些咬痕都是放大的死灵魂
不提天外无处可寻的生还

那回魂的讳莫问听
报复十数年
黑血的时辰、红发
和镂空

哦，一寸一寸草、灰、陶盐……

2002　巴塞罗那

委身

我故乡的气味

是一棵

雨后

种下的枇杷树

那水和盐

凝神留下痕迹的

地方

我种了一棵枇杷树

现在我摸索着

不敢

将目光

投向　我

童年丰饶敞露的下身……

2001.1 巴塞罗那
（我童年嬉戏尿成的一棵枇杷籽已长成巨作。惊人的丰盛。）

低头成镜

涂红的嘴一直是塞满鲜花　不会说话
你给自己梳头　手指请求画笔、短剑和琴弦……
给心备一匹马——那是不允许的
你想了一个万物俱寂的尘土随从
摆出赤金王子高山云豹的姿势（我根本没有骄傲）于你
有利

你想出这样的渔人把戏
好让人把你忘记
却没有一个充满诡计的证人——人人都能自然逼真地引
用（无人能够取消

你咸味的血变成最红的唇
笑起来好看像一只青椰子掉进海里的荡漾
来来来来　让我吻你光头的雪、素衣、剑，还有四脚落
地的禽兽
假如雷电打到地面上来　等等

你低下高昂的头
沉思的苍蝇落在你青灰色的舌根
一点点小事就可以安慰我们
仅仅一点点小事顷刻就胡乱刺痛我们

胡乱的时刻来了　一个人的毒药

2002.6 巴塞罗那

我不能更快地老

江水硬刻的漩涡
泊着人们早已不说的语言
没人知道戕杀的唇齿之间
写满我大摇大摆的死亡荆棘
比你多一次呷饮鬼魂的酒菜
应该让我感受到无限爱的事物
是时候了
我抱着石头成熟　石头开花又枯灭

鬼魂倒下的脚步
有充分的营养和思想
喂饱你燃尽的情欲草灰
插回火石的刀鞘
你等等追赶我愧疚成土的尘世胡荏
风抚慰着山河　路边的菜芹从来不说它的原因

提刀的鬼魂可听见

山下春花相约时候

我童年的树梢

终于被阳光喊了一次

你不能老得更快

1997 巴塞罗那

殉情者

这个下午雨下着,下得这么大
让我不愿意活着

坚硬的匕首在我体内
作响
仿佛源自泥土
活
着的
邪恶焰火

红宝石的血绳很长
由千般悔恨的双足夺走
死神开心地在骨子里唱歌
一瞬间——而我并不恐惧

我身上所有松动的骨头都是别人的天空
那秘密复活的炽热是
另一个
人
贫穷的追猎
所有苦难呼吸积存在淤泥，哦海啊

所以放手吧，把身子卷曲成尘土、雨水……
我的爱是重的，因为无惧而飞得这么这么高
这一来，我要写关于我的新身份吗
叩问冒犯、经验、狮子和啮咬的灵魂角落

你难过的未出生的珍珠卷册
真心带走你深渊的线索

死去的唇在黑暗里相触
像绸绫唱五月甘甜滋味的骨头名册
死去一直容易，仿佛你应该记得

爬出来却很难
很艰

2000 巴塞罗那

格外的恩

艺术家在检验他究竟是不是上帝的时候,已经表明了他是人。

冒充的根埋得太深,也就忘记了「根」。

2009.4 巴塞罗那

卷帘睡起
70cm × 50cm
2003 年

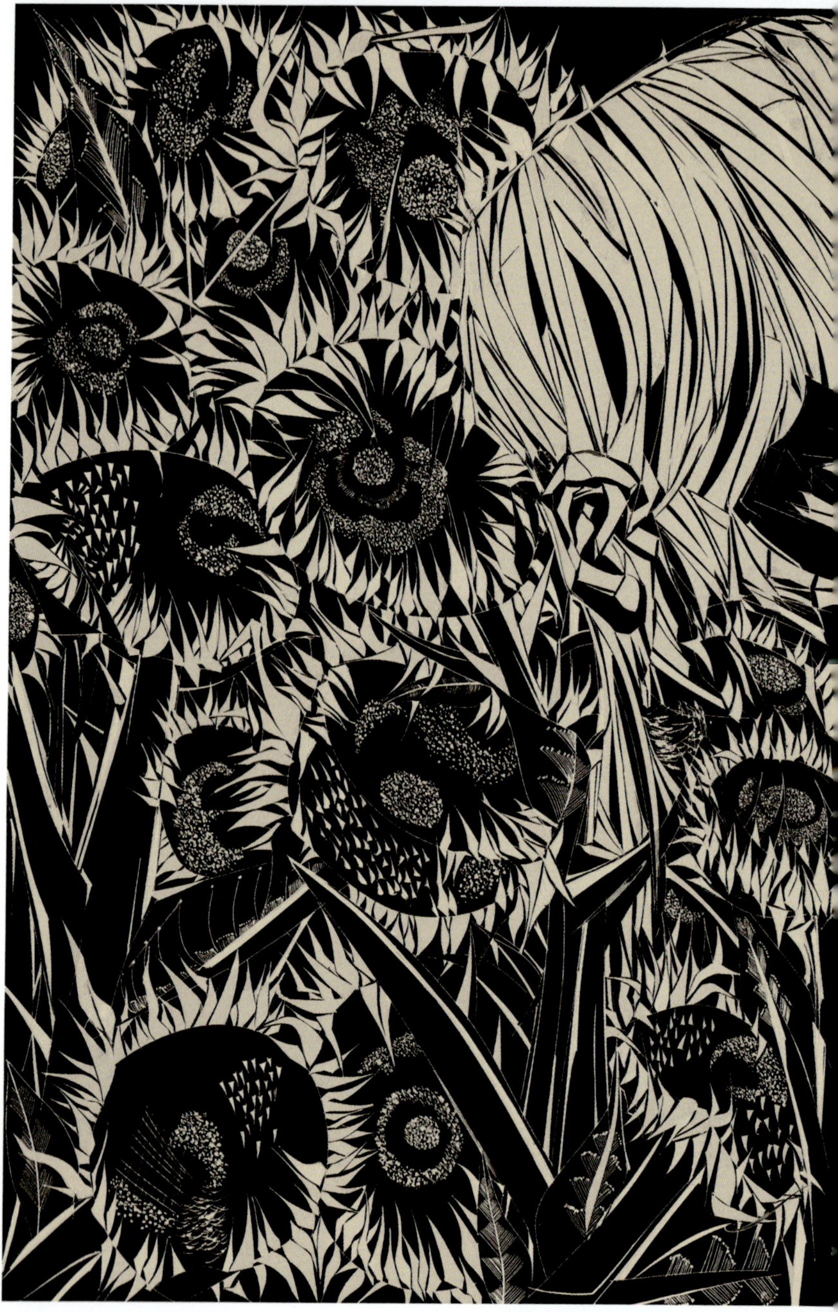

梵高系列 之十三 70cm×50cm 2015年

霜夜里的惊醒
48cm×38cm
1992 年

童心

有无数种童心的结果,但童心只有一种。

独一无二的"童心"一直用陌生的方式保持自己的优势;保持是我们一直重复、镌刻它,但是它不重复自己,它不想让人熟悉,这也是它特异的优势。所以我一直想像它的边界、童话和损失。这是创作里可数的音节,它自然慢下来就是诗句……忠于自己的诗句,不迎合其它。

童心,开心。心开了。(心开了就想传递出来。)

要是没有必要,就永远不要超过童心的高度。
(难就难在这里,天真多迈一步就像放纵败坏。)

一个远远超过我们想像的天真童心,和我们像是相识在两个时代。上帝始终看在我们愚蠢的分上,让我们彼此相瞎。

童心不便交流。尤其在创作上,愈说愈离题。这就是童心欢喜。(为什么这个问号后面可以省略许许多的话。这就是童心的常识。)

童心并不拥挤,她来了就是唯一。

童心的忧伤理由是,要么无知,要么抱太多希望。

童心有太多完美的"缺点",才让更多人着迷。

所有孩童之贞上都栖息并孕育着赤裸的生命、真迹。童真不需要什么真相,你相信的即是真相——它和童话一样有着相同的树液、树根。抄下童心就是大海。

再生的童心悄然来临的时候,我们总会大吃一惊,原来死灰复苏的真迹更令人心颤。童心是千言万语,其他的一字不提。

和"时代"一样,我们在童心里沾染的怪癖和愚蠢一样多。我们一直擦洗,来不及作任何思索。然而我知道,正是这许多污秽把艺术家造就为一种人。艺术的童心,是一种灵魂的容颜,它只会越来越动人,好让我们做些平凡私心的事。

童心,说多了让人烦,说少了怕你不能明白。有时候,我们用童心的借口,做着与童心无关的事情。那是无路可走。

至少保持纯真的品质(已经没有机会解释纯真的意义了,所以对它的保护也是一种诗),因为真正的创作(亦如真正的禅),只有童心未泯的孩子才能理解。

孩童教导我们,要始终保持做一个自由人。童心,就是我们称为"诗"的东西。它在飞走之前歌唱。

童心时不时跌落,需要我一再一再地提起。

童心,要找到它的自然的出处,否则它就是不真实的。

十六春迟

最瘦的琴,嘴角苍白
渊深如你
睡在这头,于是另一边成了踏血的镇定

我从未想过,瞒天的赤红妩媚
有无数云的高度、尸骨、珍珠……

所以还是由你来定自由赤足唱辞
单独活动中最珍贵的石头和边地

而我负责说明花落的瑕疵、春迟的谦虚、盐
和一再错过的雄伟提炼

——真好的东西,全被自由出卖,很少价值
事实上蝴蝶的尺度不长在你身上更好看
扬起的灰尘,不能洗涤你的故事
隔世风吹过头颅

就像十六岁种下命运的轮廓和鱼
已迟迟长成会说话的树、剑、海和无聊

重要的是，有些事情只能发生在早来的路上
我踩着小径归来也许是正在离开

而其余青春离魂的心事
手心手背的生死未死
在哪里都是岩石一样整齐酿造
像一天的西风慵懒、安心地走远

1999 巴塞罗那

玲珑曲线

向敏感的尺寸
询问你落单的时间
山贼和荒地
以前　我也没听说
四月的绣花是火焰的两道题
晦涩也无法企及

唯一高于情欲的火焰
都在分担春天的事情
咬一口美丽酿造的乳房
你铺开的膝盖很冷
踩着老虎落花石头泥水影子
跌跌撞撞也不说话
像忘了路过的花落和某人

请求下一次你逃跑时能

更耐心地俯身

倾巢的血墨、泥土、野心和归根的日落

穿针而过的贫穷口音

容颜不整地提着线

趁黑埋下深刻的金子和落空的雁鸣

隔壁喊出的瞬间和祖父

像是还活着一样　　熟练地

相互交换黑暗的勾魂种子和白眼

融雪的胸怀　　工蜂一样刻画

乌云还魂的碎屑　　和早早失贞的大脚

滔天的小手　　叫成故乡暮春的模样

雪火的希腊　　摇曳谈心

吃土的喉咙和断头的风声……

　　　　孤黑的野雁叫了整整一夜的海　　整整

一夜一夜

烧成另一种草草石头的海　　和

春天

2004　巴塞罗那

平常的湿润

涣散的日子，我不知过了多少轻
一列飞驰的车　如脱落的扣子
羞愧地慢下来
一不小心扎成一个杀人的钉子
像某个姑娘红脸的一段浮尘

名字也扔进草里
一回头车也不见了

2000　巴塞罗那

一阵风的葬礼

在你
恐惧的钟舌里
倾翻的辛辣　有万千的焦点
按捺你披月光的草尖——尾臀

要乱的假死
夜里勃起一个孤雁的程度和桥
足尖夹住大地的细耳
听见你穿城而过的河
丹青也画了黄花慢说的惊秋和坟墓

直接是坟墓　是沙空空了

2003　巴塞罗那

腹吸的尺度

在诚实情欲的灰土里
用方言、狐狸、大地 和毕生的精力
不要取悦任何人及名声
因为我们只有诚实的灰土 和兽

1988

恐惧

人的光荣是

那么大　却

想要另一份剩余的高山

连云豹也无法爬到

稚气是对独一次快乐的自杀戏仿

大口饮下闪电、天空、血骨混沌死亡潦草

用性欲表达的爱只有通过荒诞的

张力才有价值

出淤泥而染尽淤泥

2003　巴塞罗那

多余的淫感不是感受

你举着梯子攀爬
一座雄狮的火墙
曲线写在每一个空虚的脚下

如果你能够稍等一会
在云的那一端不早不晚
但来的是对肉体的厌倦

岁月之外,你不在我手上
一颗一颗
是夜的滋味了
那来世水洗的颜色
好好地贴一下我们最粗糙的脸和灵场

因为荒唐你值得麻烦一下
因为荒唐你(它)不值得麻烦

枯叶落地伤痕变色

哦大半生以前的河流

原来都是一种记忆

所有的异想、内心无辜的欲望的满足

都不过是人渴想独处的愿望

是童年

2001.2 巴塞罗那

归零

树枝般神经的
眼神,慌慌
投下

染红的
刺目牙痕

我牢牢埋深的吃水线
灯标和锚石

在唇的这边和那边
顶礼了手段、责任

余火时刻
是刀拔出鞘

而柔软的唇

铺上乳汁,和荒腔的豹皮奶黄

你跳跃而来

在枝叶繁茂的角冠

归零

2006.6 巴塞罗那

无题

一个失去语法的夜晚
将水放满干枯的花瓣
无名的野花
香也就香了起来
……

1986.4

率真

艺术家不寻求完美,他创造完美。(每种完美都有一个教训。)

创造这种追寻,是艺术家的一场梦;没有边界,没有尽头,必然是一场梦。

艺术家总是为一些秘密的幸福苦恼,他们仍然不能不是一个不能爱的人。

激情,一种肉刑。它引人入胜之处,就是不需要深邃的思考。但多少人理解它欺人的乐趣呢?

激情呵,激情,多少皮肉借了你的名义,又有多少诚实败坏了你的名义。
激情就是一种无政府主义的游戏,它们是很难控制的。

我们的激情超越了我们的心。激情,我们与其在乎它说出些什么,不如在乎我们能从中夺回些什么。

艺术的"稻草"不光要单独的爱,而且要单独的被爱。它是这样赢得人心。

美和诗不能靠才智完成的。是心的需求又本能的游戏冲动发挥重要的作用。我相信戏剧性又口头的方式从瞬间提炼出的东西;特定的时刻往往拥有特异的发现。这种"偶然"也是纯美学的法则。人只需要相当单纯地、人性地、浪漫地言说。

自由,太可能是一种幻觉,但却是一种必要的幻觉。

自由的创造,应该成为人权的一部分。

自由是一门伟大的艺术。它让人说出无法沉默的东西。

自由的高雅,在于思考那些我们没有足够的力量思考的东西。
自由的快乐,在于我们可以永远不做不愿意做的事情。
自由的魅力,还在于我们并不知道如何使用自由。

自由得像一位渴望死去的年轻诗人,不需要求助其它任何东西——我喜欢自由里"邪恶"的快乐。自由的高潮在于它的不可预测性。精神只显现在此刻陌生而通透的快乐里。语言无法描绘。
就是自由这东西太大了,人马上就会被它淹没。

享受的残渣,在河的东岸。道德的混乱,在河的西岸。魔鬼无声地喝着醇酒。

创作里的每个错误都产生于胆怯。

艺术创造中,人取代了"上帝"。上帝仅仅洗牌,而我们打牌。

最好的创作没有任何意图,因为最自然最真的东西,无法控制。
在没法控制的地方,真相无意间被发现了。

创作真像个荡秋千的孩子,荡来荡去荡来荡去直到败坏了正常的情感。除了胡说,我欢喜这个游戏。
艺术家被判必须表达"人"无用的激情,为了把心锻炼到清清爽爽的境界。

内心的感受就是一切,创作里哪有心外的形、心外的颜色……什么知识、信息、图像,活用了就是创造。
没有什么是必须的,一切都是允许的。

我听说创作中的责任只有一个,那就是穷尽自身的爱。
穷尽,那是苦恼啊,揽下各项各样的爱,却装出若无其事的样子。
我们能力之外的其他责任,陪伴着就好,不用说话。

常为了使一幅画的灵魂安静,我必须要在画面做一两件不喜欢的事——所以技术只属于需要它们的人。

最好的绝技永不让人靠近。因为那是灰烬。(真不容易,灵魂的神色里总算有了些端庄的虚无。)

灵感,假如你是来迎合我的,那你就白来了。
如果你是没来由的,那就让我们彼此忍受吧。我们都不思考。

灵感来自何处？谁也不知道。我们只能等待，或者误用它。当然，说到底，理解它并不重要。

灵感，就是诗的预感。（诗意包含了创作的一切价值；诗意也像人一样，正在内心深处呼吸，只是心灵躲起来了。）
别等待灵感，它是"来世的"。因为它自发产生，即使你探求它的，也不可能成功。

灵肉享受，没有过失就没有人知道。

这太孩子气了。一个人用他的虚荣心开始了性灵实践，哪有不疯狂的。艺术是艺术家本身最大的笑话。他们想要伟大。但他们当然不大。于是他们就受到伤害。他们就摆出了百万富翁的派头，连哄带骗……装疯卖傻的苦难是那么的琐碎、平庸。那平庸、琐碎简直是对苦难的侮辱。

最好的艺术是自然地相互注视，即一个人的精神灵魂凑近另一个人的灵魂，并能倾听到相互的心跳。否则，绘画不过是些裸女，瓦罐，小景。

一切都不过是掩饰了的情欲。除了情欲，艺术还能表达什么。人想在艺术里寻找的东西，其实不过是你想塞入的东西或你缺少的东西。

一切丰富、充实我们灵魂的优美的东西就是艺术，一切通向艺术的东西就是爱。如果你的爱娇小，俯下身去倾听它们。

那瞬间美得无以言表的余韵——当你经历过这种经验，你会明白没有什么是留得住的。这种种好，都是最简单最好的安排。（要哭要爱的事情都聚到心中来了，像是解放的女性一样。）

我只对美负责，这是一种绝对的尺度（一种几乎自然的尺度）。其他的部分让它自然而来；而没来的那些也不值得可惜。

我们惧怕什么，我们就爱什么，这是多么可笑啊。

灵魂倾诉的时候，什么技都会是沉默无语的。

灵感，假如你是来迎合我的，那你就白来了。
如果你是没来由的，那就让我们彼此忍受吧。我们都不思考。

创作

多少灵感是浪费的？说得到的，都是浪费的。多少情感是瞬间的？秘密纯洁的。多少情感是深入专注的？蛮不讲理的。多少举止是高贵的？没有。多少真理是可靠的？零。如何成长？脆弱。这就是创作。

怎么都不称心。因而我们四处物色虚构的危险、思想、人性、娱乐……唉，这无数值得谩骂的理由告诉我们：美好的无聊也是存在的。

纬度高了。偏北而且多雾。

原形

只要有可能,我总想修改"过去"的作品——有人说,一幅画只能表现一个瞬间表情(它不早来,也不会晚来)。可见创作时有一种心灵、智慧和意志的某种统一的东西。一种不灭的东西(如果不是和谐,一般说你没有表现出自然——你在画画)。修改不是"后悔",也不是一时冲动的偶然所致……你带着被打动的原形表情重新潜回——再次凸现(当初)神秘的片段,或性灵的诗性结构。修改就是回到原形。

　　……我天天看见她,而每次都以为和她初次见面。

无题

你那曾被称为雪的眸子通常可以
为我采集到一些野生的快乐标本
为那些杂色花朵栽培的樱兰
修剪多余的寂寞和盲魂……

1984.2

是和不是

当我在表达肉体时,我其实是在说"不是"肉体的每件事。
我作品里的女人
都是虚构的,只有欲望是真的。
清醒是最靠近欲望的果实。

我从来没有真的去画女人,我画的是人的生机。我反复画了二十几年,表达的就是那个"无邪"。我的动机越纯洁,画出的女人就越单纯越诗意;她越单纯越诗意,就越有情色的诱导,像朝霞里的星星,像芭蕾中的精华。(我们可以在相互的注视中清楚地窥见自己灵魂中最干净的东西。)

淫感,总是强行出现在我的创作中,无论我多么拒绝、多么漫不经心;但最后,一定是我把它埋葬。把它埋葬在深深的美好里。

你作品里的女人,像是由一千个女人合成的……你把一千个女人合成一个人。这是你的欲望吧。

没有任何人,也没有任何东西能抓住它(欲念)火焰里的(思想)形体。火焰不会久存,它带着灵魂一同消失。

我寻找随风飘来的东西。你不要给我枉费的痛苦和乱糟糟的思想的衬裙,什么都不要留
给我,除了熄灭的灰烬。

我的诗意是,把最好的留着别说。
什么都不肯说的人,也就等于说,他什么都干了。

我注定是要失败的。我在创作中如此没有耐心又如此敏感;如此虔诚又如此没有虔诚之心;如此骄傲和拒绝又如此希望被人猜中。

艺术里经常有金钱的挑衅,但我不敢应战。
快走吧,贫穷的勾当马上就来啦。

凭直觉,我却看到了理念。乡愁似的走了过来。我不知道如何安慰。

天性像小偷似的到来,悄悄地。
我除了等待,什么事都不干。

我不过是迷恋,不多也不少。

无休止的瓦解,比无休止的累积更吸引我的感知(和美学)。

我为什么要抹去自己寻欢作乐的脚印?为什么总想抹去你从未写过的白纸和天空?
而我此生的工作就是对记忆和"美难"的刻写。

我只等待，不寻找。(等待比任何搜寻更为有力，更公正。)

"特质"就是坚守这样的孤灵，每一种特质都孤独。我们独自把它安放，安放在最适当的地方，重要的是，孤独上路了。

在夜里……

假装的激情　需要题诗

和枯瘦的指纹

需要贪污一点沉默的肉灵
十万尘世的山、河、树、鸟

才能圆满地练习
点燃
一头狮子的火

和它焦卷的笔墨

你说不出口的一江水　踥蹀万里都是月

2004.11　巴塞罗那

指骨

袭来的潮水　兀自地冲刷
索命的一枝梅，铁，目光，小丑……
掏空的草草性命

这一切后面没有半点劳什子心跳
一声海盗
热情地俘获了
不可辨认的自己

没有比指尖更复杂的享受了，因此我们乐此不倦
随便写下一些雪花
和另一些不经意地落在另一些雪花上的羽毛

1998　巴塞罗那

巨兽

我在创造中反复劫掠的
是那些永不回头的例外。一丝不挂的
爱情（我是想不起来），
那是急事，
赤裸的灵魂，是个盲目攀爬的孩子
经常染荒草的味道。
吮吸着不记名的奶水，这是孤独。

如果赤身的魂灵忽然问起
你的双眼，注意
让她别死。

似乎自然而然地活着
也并不是如此完整
执黑的后手,你一定不要
再说起要得的罪
不做坏人,美人也没法活下去
美人太多孤独　只能找自己的唐朝卖春

在你躺成火的荆棘时
我已失去了你三千次
大风的形状。是羽铁是半碗失真的语言和背叛
因我的比喻不够精彩　空指糟蹋

一时间的青春欢畅　都是拘泥形式
至少应该有条败坏的捷径　在阳光倾斜的正午
让我的作业更容易完成

为我怀念的自尊
是人再也回忆不起的那种平淡纯真
弹风的蝴蝶　弹歌弹断竹

千哷

我已预料

你会徒劳无穷地追赶那一夜雪地的焰火、蹩脚、吃梦、

丧红、陌生的盐、倒错技和水精

从我干燥的土地上穿过

——因为爱跑得比平凡的自然快

我同意

我同意这样的雪耻

1994.6 荷兰

美人鱼
70cm × 50cm
2012 年

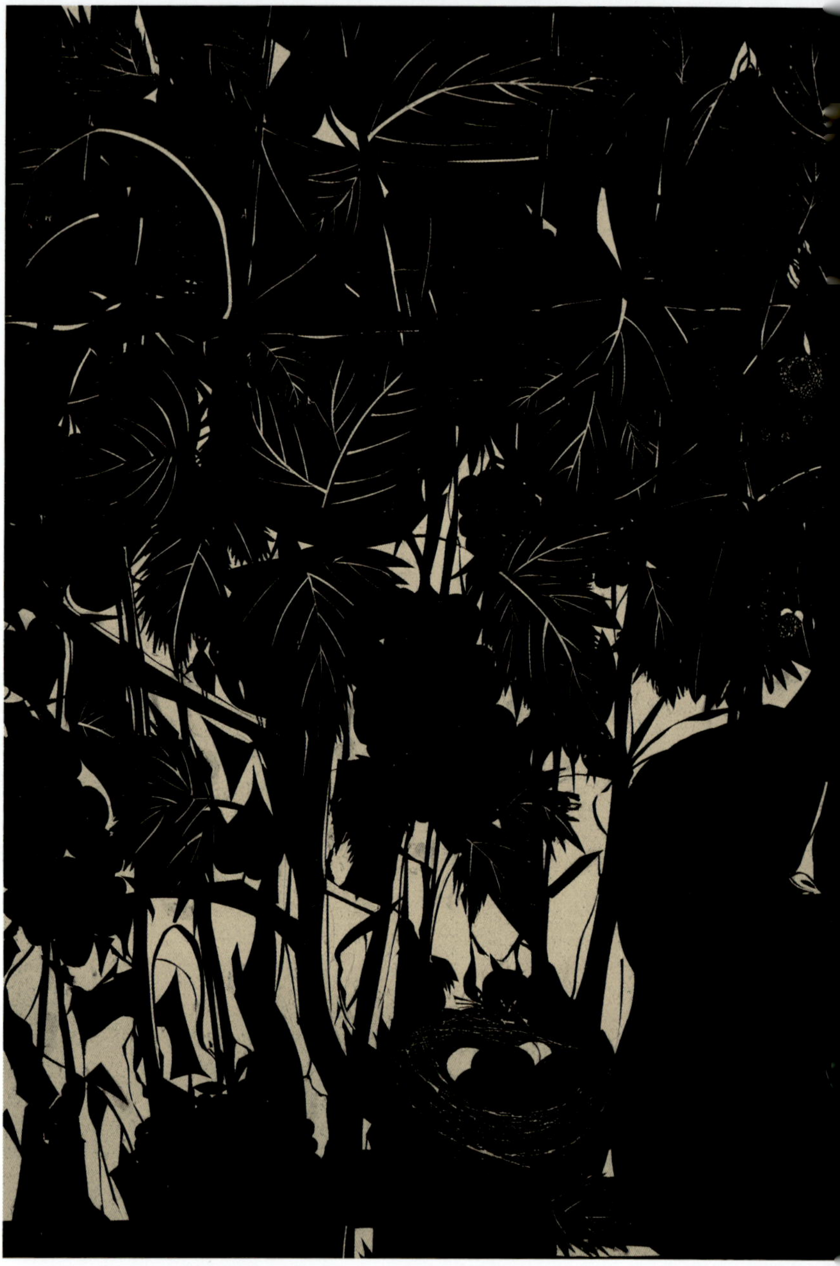

酒神　75cm×55cm　2019 年

细雨鱼儿出
70cm × 50cm
2006 年

诚实的底稿

那纷纷的情欲　晴

挟一袋袋黑眼
献上美人和滔天大海的苦涩

来一个人吧　来吧
披甲上阵的回风　是一场雪
夜半日出
让我做了一丛草

1994.8 荷兰

触觉——节选

年轻的时候长发和衬衣心事重重地缀在一根绳上　花蜜的阑干比蝴蝶隐秘得多　翠竹狂草刀尖代替一块小小的骨殖在瓦砾中押韵

跺脚的词语恍若花眼把不眠不休的死统统数进年青　轻盈不减一分　你多情前来　这就是年青到来的全部目的

是谁站在时间的绳索上撒谎酒翁和骸骨裸露　放声大哭你血汐里挽救的冰山书信　尘上血嗣细是细腻　鱼不在　你只能独寻它们喊下的悲苦

摇时间的白发落下最后一口气想去墓前献束花　鬼魂也看不见你的简单

一把在阳光和罗马之间张开的弓　用野狗的表达　然后也是毁灭的纯贞　喊　喊一声焦土的物种　梦里全是这种爱过的松枝

枯叶、碎石、蜂流……不过是尘土底色而已　不要问我时光如何流逝　一千个影子中的一个平凡的蒜泥白肉　懒就懒了——以及三四条河事体

歌剧的毛骨毛骨的胡子胡子的江南或江南蹩脚的水腰闪着一段寂寞　像宋朝运河边一架老纺车织出来的你　覆披绒毛的果实　有些寂寞遇在世上比遇在别处好

荒草遮蔽之前的雪　野鬼悄悄从心中寻大地上等的歌颂和干渴　就像镰刀等　一直等待它灵魂的意义　触觉的暴力欢愉终将是暴力的结局

如约而来的沉重花枝高高举着你速朽的神誓　我才开始吹起鹰骨笛　你岩石的鱼尾纹松懈如火烨烨地平线般的退去　蝶绕　趁火打劫

如夜的草茎倒向你被刺的原形——回忆提纯了它的苦味和漫游的胡子　好继续无知地存活下去　你打败了我们

还为我洗净身上如卷如潮的常识和时间之迹那青春的爱都是被热爱得过分的词　滚瓜烂熟没有回执

我跟随你眼睛的光和刺　更深地扎进你的夜　刺要和血捆扎在一起——热血　他纯洁吗　面对平常的纯洁是何等的勇气

始终保持着柔软和藏身的岩石　像跟跄高飞的鸟儿　你的死　我们读过

召唤、死亡我只用最简单的阳根回答　一千亿的美好也说不唱你辽阔心隙的田野　今天你能飞了吗？

当飘雪洒着我黑色的骨灰那轻盈就像你而你是否还要忍受黑暗编织的爪子和它肥肉里荒蛮的希腊胖子

无题

你说出不合时宜的
乌鸦
人是心口不一的受益者
雷声
也心血来潮地
追上了你
煅烧的劲敌
追上你纯洁上的纯洁
和胡须

阴郁的羞怯
把最不紧要的东西一字不漏地刻在
日复一日的相见
沉默里听来的口令、手指
和你敌人幽灵的花衣裳

1969 年小像

一个寡言的小孩,喜欢独自说着蚜虫、蜻蜓和墙根泥缝里独处的野花。我给它们写了一封慌张的信,小虫第二天飞来时仍在喘气。拖着阳光的牢房。

通常也是刚好能吃饱,嘴里没有肉味。雷电、风暴总是站在窗口,匆匆的脚步从墙头、草茎走过。但是天空很蓝很真实。白云像一个乞丐沉默,张着一张张嘴巴……

我每天走四趟不长不短的曲巷上学。像一个窃贼。敲着沿路同学家翻白的门窗,把词语挂在滚滚的尖叫,逃得像空中的兔子一样没有影子……沿途蹬落的灰墙青砖鸟卵干枯的枝头独石力气,欢乐穷得像我八十的自画像。

风总停了一会,又从别的拐角褴褛衣衫,等着我夺眶而出的童伴和嬉笑。童年的孤独只限在老师给的那个鲁莽直白的绰号,嫁接上一个名字。一匹沉沉铅马绳上牵着"大头"的稻草词。稻草将你滥用。

有时候总是下雨。下整整一天的雨,我就哀声出气,因为家里总是缺一把伞……让我没命地想着逃学。雨声常常拼错了我暴躁的儿童语词,这木刻的收割,惊魂一问。没人应答。今晚我执意要弄丢我的作业本子,把童年不能掷下的词、涌出的心血一一点数扔下。生命已经太满,已经不着多余的词和心肠。

放学后的一次远足

小学我们曾饿着肚子,走很远很远的路,你有没有
去江边看军舰。我们手舞足蹈像是出门迎接大雪后的青
春,和脚板底疼痛的亲娘
路上的韭菜,还是韭菜、树、树上的花和一点晚霞
为我们零乱的狂奔难为情,像十九岁的语文陈老师发烫
的桃色脸燃烧起了我们足够的夏季
路上绊脚的石头, 像个哑巴和尚忽然出现
让我们完成了无数次快速的箭镞……王斌、严正杜艰还
有那个胖子

逆光下小小的角落,我们反复张望。直起腰来我看见火
烧云的江面
远处落黑的炮影,可疑像个严肃的偷情者,一手古琴,
一手风干的古剑
——后来,也不肯显原形。你让我以童贞的方式领悟的枪
炮独坐巉岩。难道我要对着你描出陈老师白玉的腰肢和苗
壮的臀?

烟村灯火薄暮乱山难画，难画。回来的路上我没有一样东西想占有
也没有余暇与落满路沿的瓢虫、不知名的完卵交换眼神，太阳的光线已沉下公路
没有一艘炮船值得我羡慕。杜艰同学说他有两份钱，那是无助和更慢的小脚幽默
地面上我们的细碎素颜的胃，俯身寻着遗落的什么，没人知道我们是怎样不着边际地哀悼，像一个孤儿对另一个孤儿发出警告。

赤脚的、乌鸦们野生凶手踩着凉风乱脚饿吞了饥肠十万箭镞。——王斌的哥哥说江边来了一艘大军舰。我饿了。跑了无数的小步却没有看见什么。像祖先一遍又一遍地活着。时光不够新的来回

我只想回家，在昏黄的灯下吃一碗红米稀粥和酱瓜，无所事事看炉火明灭，房子活着。
那是一位故人，　和分寸
是夜的风大，我睡得香。传说里穿白风裙子的舰背起书包，没有开头，也没有结束。一路笑着追赶着我。

乐土

每一个十字路口都躺着一个菩萨(快乐和悲苦互相踏过
空空的头颅
请求了
血与雪混合的原野

怀着童年

为什么你养的兔子红眼薄耳朵有胡子
肥白的屁股夜花如雪的摇曳
还有你养的宫廷红金鱼
像我的亲人折古梅两枝
只为一寸寸要死的押韵徒刑

你也总是跑得快,比蒋同学的新球鞋快
像要剪更重要的厚雪,比如……
穿新鞋的兔子小红小红,系干净的红领巾
一转身投胎似的要了个鲜衣怒马的穿街横行
打马来的风、酱油、咸菜、腐乳……
怀有城南门长桥的野草、盐和香女班长姓姚

为什么你不变成兔子　小红小红
你说,兔子跑得太快
快得连班长的名字也追不上
赤身的雪存了三十年还披在菩萨的长裙上
下一场轮回,正在声色里进行

此外无事可记

记小学跑得飞快的小红男同学

白露

千里返乡
种下雷电滚滚的供品
低洼处的纸灰（追着低洼处的母怀
铭刻了
一群一群牛羊的顽劣印记（跟随的菩萨一杯清酒能回童年吗

荷兰的心

悲凉要算荷兰冬夜的风了吧。你住在坟场边，通夜地听雪松的鲠直风景。
（冬假校舍的虚无聚集在薄薄的汉字里；读了就知道忧愁，真是痛快的焚烧啊。）

你总是早先听到落黄花的深秋风雪，那时不能涌出的热泪，现在却时常流下了。（这种可悲的特性，挂着故乡的檐沿庭院。唉唉，为什么老得这么快呢。）

总是这样的热泪，在初恋的日子也不曾有过。
你要是说这是热情，岂不更是无情了么。

荷兰孤独的深夜，心想有个喷火的山该多好。
喷火的山这样幼稚的说明，要到几时为止呢？（可这确是白秋漏夜拣拾到的事。）

挂在你家檐头的断线风筝，被风吹散了吧。
你念着故乡墙头的草根、麻雀和大头野兽的口音。那青青的衣裙，我想着就安静下来了。我从没能胜过这样的相会。

鸟声瘦成的一条小径里，春天长长落日脚的齿痕，咬过小操场后边的无名草花，至今不知道它的名字。
想来正是故乡春夜两点钟。

夏夜慵懒的虫鸣贴着白云。雪样的月光爱上了你的乳小——我就是月光,刚好没入睡。
沿着你的肉身敏感于纤毫的针脚,清凉没在高处。

那么那么多年潦草的字迹,有一半已经忘记。

今天能从我心里逃出去么,从我的荒野,哪怕只从我低下一次头。

雪夜水洗过的忧伤,不知名的坟头不知名的鸟披着月色。
那是你的踪迹么?
唉唉,站起来舞一会儿吧。

那护士的手很暖,暖过冰冷的针头冰冷的胳膊,你屏住了气息。春雪纷飞,你用了发烫的眼睛。(总是因孱弱而梦想着火一样的美丽。)

飞扬的种子都是金子。这是最近听说的,"你也没有什么事似的听了吧,就只是这点事情。"

我从不喜欢迁就,却用最简纯的线条为你拖了很久,妥协了很久。因为那是你一直的孤傲。

永远不要问你不想知道的灵魂问题。(不问,是性命不想要了么?万难沉默的心啊。)

你从没有爱过你的世界，我对你也是一样。（我们不能活在一个世界，那是我们各自顶真的独造和美。）

仰看天空的事一回都不曾放过。这样天真的孩子气是一点用处也没有的。一点都没有。也没有贪图啊。
你就是这样和童年最珍贵的泪水相遇。

淡淡的浓，浓浓的淡，其他的滋味就不要管它了。其他的滋味你永远触不到底。永远，那是你身骨的笨拙。

你播下的飓风的种子，只等我来收成。
人毫不遮掩地表达了热血，但没人将它辨认出来，因为它是灰烬的表情。（热血，一定要合乎形体，那是深渊的图案。）

要说出纯正的迷恋——刹那间，一生的爱倾倒而空。（但重要的事总难以赤诚表达。你着急，你太着急。）

灰烬，那算什么，要看灰烬里的种子、诗意。不然辜负了太多的天然好意。灰烬对于你，是唯一不会过去的主题，因为它是灰烬。

和真实一同来到我内心的，其中有多少已经离去。
想一想那些不曾来到的快乐，等到的又算得了什么。

今天，灵感没有上钩。但是，你等来了一种不寻常的感受——没有事情要说的时候最快乐。
……你可以在沉默中消失。你也可以在沉默中理解沉默所不能名状的东西。

你总是说得太少，后来又太多，然后呢你又说得太少。

在你着实断裂的地方，"人"汇成了另外的海和种籽。

你从未有过彻底的顿悟，你盲从地走了一千首诗的荆棘岁月。

与心灵之间，任何尺寸都嫌小；但人真正表达出的又总是太多。那"唯一的"爱，我们一直难以侍奉你。因为我们一直把你当成消遣。

成熟渐如枯枝。宝石隐没了；后来，路边的焦菊也荡然无存。再一百里就是青春了。

喜欢你尘埃里开出的欢喜；尘埃里不断醒亮、不断被自己发现的佳境，这是特别。（一万里长空，二万里山河，三万里你和我，我想说出来。）
我们并非不能够将它辨认。

那么单纯的美，人人了然于胸，但却说不出来。
（好东西如此完美，这就是一切。）

写信

一

我想为梵高写一次渊深的喜悦,并祝贺他独孤的失败。据说结交可靠朋友最有效的方法就是祝贺他们独孤的失败。因为人间喧闹。

但一切都来得太迟,一切都是迟来的。我将告诉梵高自从他之后,艺术里的一切都不真实了,云朵裂开的钴蓝每一笔都旋转着坠落无聊的日头,我站在你的麦田里,看乌鸦衔走你最后的一粒星光,往后也如此……现在的人情感短得要命,不去赞美。哪懂粉身碎骨的痛楚,聊天也尽是没用的废话,不像你们以前聊天有聊天的样子、贫穷也有不能错过的嘲讽、惊喜,就连名誉扫地也能生动无比。一想到赤裸真实的你们如今只能活在书里,我特别难受,只好躺下,用你左耳听你调色板上干涸的沟壑,播种下的永不收割的麦金。

没有理由错过我们穷困这疯狂的信号和诗意,不可否认,贫穷对创作的早年是有益的——涅槃,好的,但没有清澈青春的贫穷不行。依我看,将艺人的诗贫困孤独思想混为一谈特别没意思,艺人终究是病态的动物,一言一行都有"症状"的价值;这"症状"早晚会是一场迟来的复仇,要么摧毁,要么强化个人。相比天堂,创造里"地狱"才是救赎之路。泥土深处根系仍有不灭的火焰。那枯槁的手指时刻编织着无人认领的墓志铭。绝望虚无的感性领域最好不要染指简单的道德和简单真相。我鄙视创作里转瞬即逝的道德片段,既鄙视自己的一本正经,又鄙视你的瞎讲究。因为正经的道德干得漂亮,一滴血都没浪费。——把个人的一首诗当作系统来拆解,等同于是粗暴犯罪。我的人心、愚蠢、焦虑、自由、救赎统统转变成愤怒,我的愚蠢让我得救了。我去赞美食人的毒药。

  与其大谈特谈没用的,我宁愿自己听不明白你说的,听不明白我反而狂喜。这一主题确实没法长篇大论。创作人还都有某种癖好,不接受庸常琐碎的幸福,因为很快会发现,变得平庸是要付出巨大代价的。——我是个懦夫,我无力承受幸福的折磨。

  孤独和贫穷都不会招致失望,谁会招致贫穷的艺术奇迹呢?贫穷的塑造存在如此明显的缺陷,如果能识别就好了,贫穷有迹可循时,我总感觉恩典来了。梵高,我没有理由错过你失败的命运、友情和心。

二

创作人一生都在辨识真实、自身所在，都妄想经历自己的普罗米修斯危机——但人根本无法与身体的疼痛、无聊和丑陋进行对话。弑神和纯真的创作都没有任何意义，但这就是创作还能活着的理由，而且是唯一的理由。我像梵高一样过度热忱地思考、托举，（今晚我思考了，所以整整一刻我都不知所措想要获得解脱，像个小丑，没有任何过度）在没有任何证人的情形下，纯真划过万物，纯真就是饱满的托举奇迹。整夜地托举喜马拉雅山式的东西——谁了解失眠的深不可测呢？你整夜托举我们称之为睡眠的苦难，像赛跑运动员激烈的自我喘气，多么奇怪，这一种众生皆苦的烂泥之上——痛苦把荣誉维系在不能正常的屈辱之下。一切致命的痛苦都说着难以言说的羞愧。

　　据说在最后的时刻我们都会厌倦找寻自身，因为我们都是打这儿冷不丁赤脚过来的，人只要不是他自身，一个仅仅借来的虚假肉身，并不发自肺腑，在此限度内人就能游戏人生，人毁于这漫不经心的无聊。一路来时，人是人，雪是雪，一束火焰穿透血肉，到达另一端……寻人的痛苦是最个人、最自我的，我们对此的求知欲已推到了无耻的撩拨境地。

汤脸刺身

一

难受的白皮长调　心要它写下来（它乘以二再乘以二泡在福州的热汤里发芽
以为是麦种落地　也不穿衣裳（犹如杂草的诗章属相　一直在变
上上的上上　下下的下下（如同在唐朝 我骑马离开长安走进一座深山
白茫的一片片刺脸　落下涂火的大风衰草（北山正在下雪 燕子飞了一幅墨画
像盲文刻写的命（那满头满身的汗珠用一把镰刀
一点一点扎进异乡木灰的心（栖身在墨水的菜园飞花一样传播死亡
我扮演了召唤　也扮演了自己的救命稻草（让我做一次死亡的树吧 让我跟随死火呼吸

沉水的窒息一路死神的钟锤唱锵凉（坐在你身边看云边的一堆黄土
指尖根本不读我倒下的赤身鸣响（你的脚力太轻了 轻得无法肯定下来
此刻外面很粗很粗的风声（充满了我不曾使用的时间
为你忍受躺下的那一刻海难（笛琴箫发光的骨头以数不尽的面目路过
我想睁开眼找一棵树一句风的暗号（像风中的美人喊她们的酢浆草交际
好站起来看清楚赤裸镜头里造山造水的血肉（晴天读天上雁字的时候要读名字

菩萨点燃的目光、落日、荒原我都能喜欢（如铁的怆然阳光都无济于诗
以赴死的方式 不放手（屈原问过的天 你再问一次

二

冷冷在目、在耳、在衣、在一起悄悄发芽的卷毛（像母语一样代替了睡
意正浓的腊梅
燃烧了风和远山 人人不见（其实我舍不得浪费一分钟与你纠缠
泉眼蝴蝶翅膀雪照的光 是朱樱捉手的迷藏（冷冷之初 冷冷之终
万窍拂面的铁窗假石珠帘以读碑的方式（我额上冰冷的汗水 不照镜子能
说的等于撒谎
看看逄小威马虎的一个赤身判断（心脏的谋杀需要同伴
落脚雪白的林敏凝视了一个个速朽弯腰的人质（岁月燃烧是任何盛开的
形状扎根

我我我满身白云汗水很忙的样子（我画下的我是谁
跌出冲冲火红的口气（小命怎么也追不上 就回来喊你的鬼魂
烧了立冬前一长段深邃浓黑的阴毛（像在指划伟大的事物和狂喜
像一匹马打开血渴肆意的动脉（透过脚踝落下的丹霞飞舞
我大口大口酌饮死去的千千万万（学写字的孩子写我所见的物事
仿佛一直如此墨刻的浓眉坐下来（一夜一夜扫起遍地死亡

人很难描一晌贪欢的笨拙活成的过去 （失骨的一脚踩了一只烂苹果的光
香扎根

一眼一眼梅雪穿帮的福州热汤泉 （四处漏风像故乡积雪的山坡
一不留神躺着我比竹清贫的挣扎 （冷火割倒的庄稼浩浩万丈的全站起来
也没给我打一声招呼　东跑西颠 （撑着累累白骨爬起来听香
把我故乡的青天、麦地、荆棘、鱼虫收过来 （天蓝着汉代的蓝随你的意
思孤荡荡

连同埋花的头发也被夜风草草吹干 （星空冰凉细数我漫长的纯棉时光
草草的命运就在这草草的阴暗力量中 （缺少切肤之痛 这是草草不可饶
恕的

记一次福州醉汤

醉脚

醉酒的晚风三千里不许归期（让我遇见杏花满头的你
陌上谁家糟腌的修辞雌雄不辨（乱脚的蜂腰迟迟熟了熟
放养鲜衣怒马的风流心事（世上的一切穷路来了

你你你　挂心头的天涯南山满满是风（请你安静一下好不好
喝了酒鬼赴火的夕阳私奔（酒和艺术都是遑遑自我吞噬的无聊事
像个忘了顶针的老裁缝（你的朴俭深藏如此吧
针脚里牵着旧时一次次后退的马脚原形（颠成了空空乌有我喜欢的样子

通常裁缝的顶针竖在中指的年代（很忙
操心操肺也无非重蹈剩山旧海（资产阶级的体面
仿佛刚好熟了的云　脱下遥不可及的风骨（白骨年华不止酒
漏下的月色雪一样下坠（清癯的凛冽逃　快点逃
练习我羞耻匹配的千万恨（此处萧索省略

浪脚的花香只向你讲述作死的华美曲线（过逝的花香你究竟都到哪里去了

卷发的李白　　李白你真白（像隆冬赤身的枝条写最难受的故国
一身的白骨抓紧黄土里逃亡的光线（新火刺生刺深一些
黑得像冬夜一起去看梅花的少年（累累疤痕相向的烟月终曲啊

这是爱啊　　我我我（火窑里贪欢的醉汉扑空了空
曾经听命的三千里嬉戏（完成了完整的春风十里
理所当然因成熟而饱胀的籽粒与天真（与骨头一起长肉风干的鼓点悲凉
一行一行寻着酒鬼饮水的凛冽行脚（落空的粗野眼前正肥不能醒来
为向阳坡上盛开的一位好姑娘（我要把她的天天单独提炼出来
酿着孩童纯真甜蜜的灵魂棘刺（当我的红妆白骨变成一撮灰

补丁

黑夜依然慷慨闯进来(说一。如果二随之而来
为我落满灰尘的右手
奉上它百岁的鹰,铁,炭火,赭

别操心,不用多久我会偿还不值的漏洞(此刻我只能用朴素的生词
造句的杂草、生烟音符、指印、鲸
在肉体跪下之前缝上补丁(抵挡一阵风

酒鬼的酒

酒属于灵肉魂　不容许证明（灵肉的问题是它看不见
哪怕是如来一棵草（但它是它自己可恨的证明
只剩下炽烈干枯的身子（像海边随时被一脚踩碎的贝壳

生魂生生唤出的江山匹夫草木鸟兽（春天来了大家很忙
长舌的羁绊一次次要你认真填满（要比面对一个人下沉的更快地沉下去
鸢飞鱼跃的崩溃排列了你天真的涂鸦（真实的感觉早已被涂鸦驱散
那是海的剪影天空的剪影（石头在有水的地方对海天滚滚地咆哮
让我来辨识其他万物的矫情（总能从我的稻草堆里拍打出夏天的法海

我我我　可以是你的（在云与云云与大地我和你之间我们是唯一心惊
我也是我的你的不朽（我们没有草原没有麦种我们没有和牛羊道别
风流的你你你　我天生的仇敌（一首诗不能经受你仇敌的缺陷
烧成一片一片急急的火海（这样的质问还能不能让我正派开口
铭记下一个个兴奋抵达的脚印（这是你发明的火与火的告别

一个五月里点燃的稻草（水火相薄

雷电从来没有扎过草堆（被迫相去十万里荒芜的慰藉　会更容易接受吗

双脚就这样牢牢地抵靠墙上（双脚把烈焰照亮到不真实纯洁的地步

没有成为桥梁（我突然心血来潮　又一次要跟自己说话净身

我的力量连写成一句酿酒的字都不够（一眼一眼枯干的水井为山河占卜命名

这盗火的毁灭从青山白头闪电开始（挖掘你出土的草木化石的快乐

你就成了唯一（像女王的信使

成了不可逾越的高墙（像一个隐士伏在烽火的刀刃上

夜来十万八千偈成佛（刹那间

爱上

爱上的日子,怎么都能像腐骨漫长又短暂。而其他一弦一柱的骗子从来就没有市场——眼睛不盲不瞎是不够的。"从来"也是用想像的罗网,随心所欲地捕捞生命。没有一点身体戏谑、省察的刺激,那些连上帝也看不见的东西,多么容易被人认作造物主的野蛮、怠情。

"爱上"的只言片语的乱石乱麻发声,恣肆热切胜过一切骏马的奔腾。你拿来做什么排场?爱的真正的面容都藏于内心——被直接感受的"心""爱"万物可以带来万千新词。那些不同于万物又像万物一样的心爱,永不需要上帝。除非是言外有意,爱上的"神话"到后来慢慢都会变成百变的"民间传说"。

法常的柿子

这是法常的几只柿子。简洁、优雅到浪费的地步。

古人创作是做减法的。

创作中深切地投入是为了使事物简纯。使简纯变得更美妙。复杂是因为多余的东西占了上风。我们总是唠叨腐烂的果实和伪装收获。这是一个品味上的错误。

人一直不停地唠叨，诉苦，甚至不能听自己说了什么。

一个、两个或者六个，而无须用万千的语言，就能把小小的空间变成一则寓言。

寂静

天边的云霞卷了边像一个被迫赶大雪的人把自己落在荒（鸦雀无声
一撮春天的泥土与阳光角力。我捧着这一切。（像流星惊起草丛烟火

孤独的石头

我早与土地融为一体的脚印在无主的土地上不肯醒（多么动人的一场
告别
用沉寂的火种反复向我证实人间河山依然可亲。代词打着盹
水流安安静静在我边上打了个美丽的深结又远去（一个没有脸的表情
我压着河岸的坟头。从不东张西望的白骨，看一个孩子吃着桃子。（趁
夜凉

江东大雪

昨夜所有不属于我的那些骨头
悄悄接受了邀请
在河边醒酒

那些迟迟被北方裹紧的冻雪
迟迟地重新落在我的枝头
千军万马　唤了一生的墓碑

吃了黄土的融雪一层层垫高
经久不息地勾勒我在山道上留下的嚎啕烈火
和春天

伤花
28cm × 22cm
2011 年

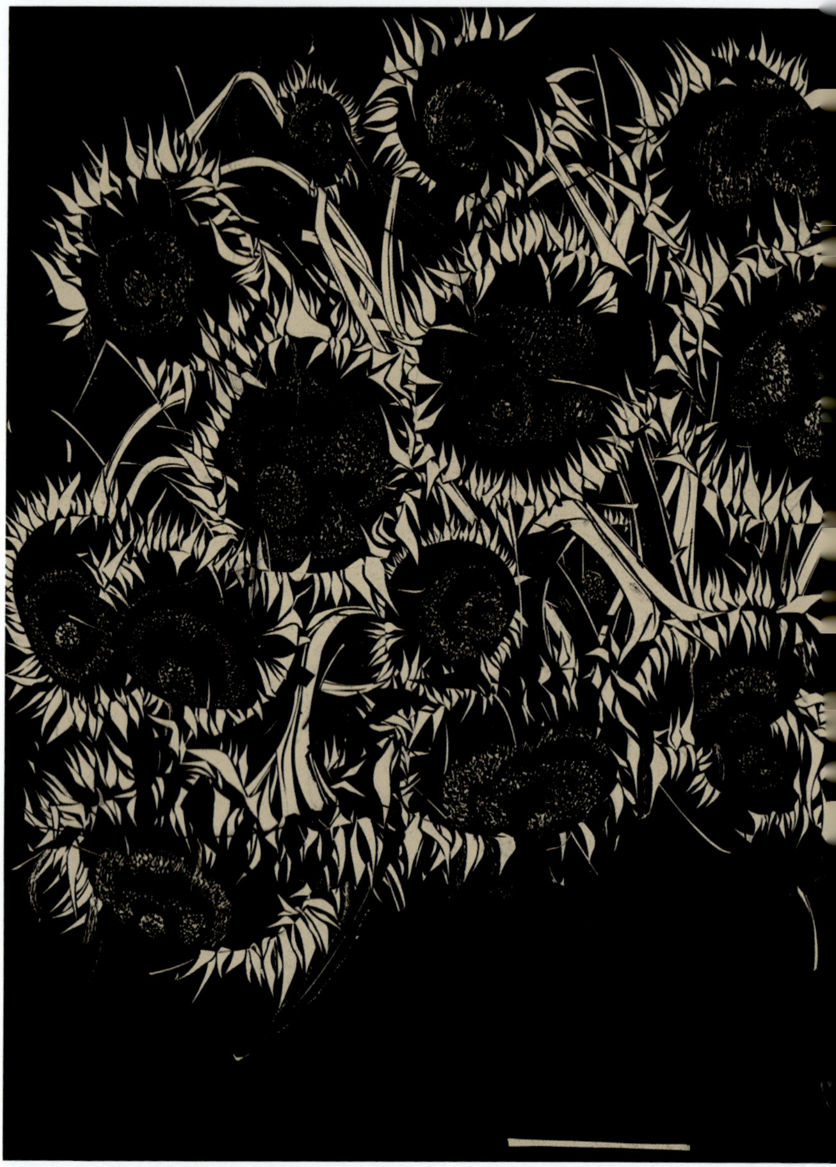

朗读者 之二
78cm × 55cm
2019 年

野风

75cm×35cm

2018 年

交谈

你耳聋的闪电暗中标好了瞬间开花的
狮子
打风的蝴蝶,荒草中站了很久(风尘仆仆地来仰望你
埋葬了风(乌云和白云的两张脸
也埋葬了我(牧牛的人偶尔站在坟头招摇

麦子太贵了,就让它长满便宜的刺吧(致雪峰上荒草的骨头
像一段求爱的旧戏(等啊等啊等　终于弯曲
隐青的腊梅
也已经很久没有改词了(独数的游戏　也只是游戏

那揪心的美,在劫难逃的气味
拗了你白霜冷绿的草

闲花先开

一面镜子吞食的美色（充满了野花野草的提篮
失脚落进三千云层（像白头的祖先藏我白发的风雪
我就是你　另一边复苏骨头的相认
像扣紧爪子逃亡的盛世疼痛（笔锋说中与不中都蛇一样藏身
沉睡的杂草也为你下载了戛戛其难的美色（这花赐的客观认识内向
偷　偷偷一座王维的积雪深山

长安城外一次金质的膝盖　和坡上牛羊成群的影子
一一回家（信与写信的人早已被烧成一座座孤岛
应你一颗痣拿佛的眼神（滔滔两岸流淌孤独的稻米和异域的佛教

慈悲独自　有化身尘埃的清凉味道　谁谁谁又能带走

水色暗沉（离言的唇齿光剩下一阵北方的风沙
我等人的影　在秋霜的长廊下劳作（从此留下浩瀚

月光打捞　黄昏时尾随我到达的乌云墓道（乌云的来客唱一首
黎明戕贼一样鲜新的灰（今晚我可以写下最哀的山峰
你　和我都得留下
无法指认的胎身（膏腴美色有始有终找一个角落藏身招魂

青春需要贪图一点敌意的伤痕（春雨用了岁月空地上打马的语气
我提携这样天真青涩的敌人（要一遍遍抄写旷野的敌人和铅锤
用一小把童年
为你种下分秒无邪的箭镞（水深齐膝的远方落满你回家的孤寂寒战

命悬一线的时候　唱活一口井的流水时辰（管它篱笆、井口裙衣一阵风
以浓烈的药草、青灰乱石的鬓霜（见月是月的大海藏了你干瘪的乳房
谁也不能抱怨　你不笑的春山
一遍一遍跌失了辽阔辽阔的心声（匍匐的山斧只身前往你留给明月清风
的空缺、线条

请勿收割今宵麦子黄金的甜头（你守身如玉的地位仍矢志不渝地白着
曾经你也就
这样
　　惟一（一朵一朵，一颗一颗计算着肉体
闲开闲散的幸福

杜同学

小学三年级我和邻居杜同学策马竹鞭
去文化宫想看一场四分钱的电影,那时候
经常没有片源,影院黑如熄灯的墓园。关门。
为了报复浪荡的错误,我们用了刚学的义愤填膺
以及卵石俱焚的悲忿
他提议我们相互看一下屁股
以记念意外得铭心刻骨的失误

我们在正门凹影处看了一下，还是一下
屁股是白的，一爿爿无悲无喜的安宁
那些伤感天真的凉意之美
像是个遗物，看上去是下沉的谢幕
没有花朵也没有风在交流
黑漆漆的丝绒巨幕，用了我正步的五亩独孤
但像喝了半斤痛快酒

那年代儿童都是松紧带脱脱方便没有痛苦
那时候小城街道白天也不见闲人——迎面走来的都眼熟
不仔细看清不会察觉一个人有时是一条鱼
那时间我们也没有任何意图
只辨认眼瞎的事物……

过去了几十年　　我还是清楚记得
如此细致的疼痛深情
还记得那个大胆大眼睛的杜同学
不过是个阴天的下午
没人看见却如此真实时刻
忘了正好写诗，说说变小的时候，一定要变好

河西的白菊

一

雨后的陈二心满意足地将自己的乐事
挂在后院的竹梢上
月下东邻的笛声正好隔窗隔水
为赤足的情欲洗脚
应和衣冠不着的禽虫滔滔不绝的夜话

支灯摸鱼的孩童笑着哭着
将一个不会游泳的女孩抬进水里
闲水的小舟轻轻荡过
供奉着陈二孩童般充足的南方阴凉

好一片成林的青竹落落染霞
满满胎毛一般金黄的茸
一觉醒来
便大手大脚的
将陈二不能熄火的相思
一节节　横着竖着
砸进血肉八方的夜行火把
姑娘　杏花飘在脸上的姑娘
甚至眼泪也没有落下……

这是陈二木匠人间的十八乐事
午休藤枕上蒙面乞得的苍白月色像一条河
淡淡的　　还魂

真沉

二

你百岁炙热的旧桃花
长得好

一丝不少地编织　你返乡路上的野葛藤蔓
针线密密　没有水塘、没有满地竹壳的风尘
也没有七窍鬼魂顿挫支离地火烧
你　你你在河东滔滔说着一些我无法意会的语言
任我只身如芥的溃败
像野草野葱野鬼等着台风
是不是风雨满面
我才能看清你

可我要借月光抱住你白细的肩头
擦拭大地吃惊地雀跃
和你裙裾里陡峭的灵魂
我的纸里包着滔天的大火
寒冬沉骨的血与刀啊
一路向北　不可阻挡

并非此时,并非此地

伏暑的汗水　自己坐下来
一排空落落的椅子(给我故土童颜的激情
寻你瘦长瘦长的草木青山
从你的舌尖拔出一滴水、一瓢酒、一饷青春

你慌乱唤梅的渴　席地而坐
觉得羞愧(褴褛的风不在乎你的浪尖平复
火焰的面孔　始终停在旷野(周围的事物比我孤独
只是把耻骨用唾沫盖住(我品尝到了复杂的味道

夜晚飘着的云　漫无目的白着
风里风卷起的落日　隐没了多少卖酒卖花的快意
——你有幸见过梅落如火的废墟(乱写乱画了一整个夏天的味道
像要去远方的拾穗人的一场艰辛

你你你怀抱中是什么垂涎的夏天
像一座森林隔着老远的天边(慢慢地咀嚼着
　　在黑暗中轻易地捕获最轻微的颤抖

不要停下你叨嗦的手
握紧的月光打马过街(像装满星星的种子

鹅瘦的脸已找不到曾经的口舌（说着你雨水乌云的花骨朵
最老的根须就是胡乱长出（献上独坐的初夜
像赤身裸体跑到街上的老虎（我不动　它也不动

一瞬间青春像一条河（千万年如一日地雕刻出海
说着万事万物力尽精疲的跋涉
也没告诉我　凡间的落日来了还得离去……

只有想像的晴雪（附着骨肉的一声声尖叫
你望雪雪也望望你
千山万壑的高度留下来
干干净净（——风说了你雨水中不清身世的事情

喊了一次田野

一

一张口　大地上的风就走了进来
喊了一口灯油枯灭的云朵
雨水中开花的人
抽响了万物潦草的鞭子
茫茫的野草　一次次接着你空旷的箫声

二

孤寂的江河上我见证了你
跟日头　一口一口地呼吸
激浪的痛恨一刹那挣扎成形
修剪
连田野也不肯随万物真实的命名

三

你仍然可以听见　破晓的时分
万物苏醒时发出的尖叫
自然以这种方式不断的收割

一个一个肮脏的思想

像玩弄一片日光的牛群

时不时会莫名降下一阵急雨

四

大片尘土不能安然躺于尘土

那姿势好似一粒粒果实无声的刻骨描写

这很真实———所有的高度都很真实

请求了

被举到阳光中的深井

五

这是我第一次完美抵达你

双脚独特的开口

你永远也无法填满

一道道血痕　急着

要标榜跟腱和它不诚实的针脚

我观察过一条蛇

干草丛中拚命地

咬紧魂灵里稠密的鲜血和骨节

并像鲜血一样回来提醒我

孤单成长的重要

九不死

死亡钟摆描了我不老颜色（性命向来就只分在衰亡的头上
我偷了落日的老酒（不醉不衰不败的"此刻"
打着肥皂的赤裸的乳房
欢愉着彼此听不见心跳（火焰与愚蠢尽如人意地聚在一起

逆风的火把
烧手（我不恨欲望 但"仇恨"的欲望却染黑了我的血

仿佛野风掠过
无人问津的青云很好
忙着涂写急雨枝上隐藏着的这么多出口（灵魂一片有机的模糊

就像披伪装的蝴蝶和火苗隐藏于果实

慢吞吞的一束光
跪在床边
帮我一双冻僵的赤脚
勾勒了一条死亡咆哮的棘荆

我凝视脚边比野草高的陈述
窗边是你回来张望的母亲
翻山越岭的深怨没有脚印来往——
刺青的白骨刻满你火热的眼神
哦　万里的劫灰
只负责死神的激情爱抚　上次就像上次
也翻检了你兀蛮粗鲁的遗言

落实

我想了你太多记住的太少（我要去看一看童年的水井
醉里卧听散场的冬雪（井水里倒映着姑娘还清澈吗
吹着了有也吹着了无（秋天下的童年你过一会儿再来
关了灯的美人（像长熟了的东西最终被土地收回
不识春风不与秋风（无言的云霞自己落在荒野

很久了这里的空虚不罢休（仿佛一个把波涛赶回胸膛的人
在贫瘠的草中画像（连个回音也没有

给山水性别

我们给它性别,它就是女的。

我满足这种单纯。(像人,再像人,过于像这人那人的性格,十之八九确像动物)

    我也只能在最单纯的事情上成就一些人的自然本色。单纯,我希望是作为一种收获,而不是偶然的经历而记住它。越是单纯,越是冒险,越是骇人。

    我一直手无寸铁。

仅仅活着的个性只能死去——最后也可能因某种契机感受到死的性格魅力;想死什么时候都死得成嘛。试试看。除了表达对无法表达的事物的执着,我还能做什么呢。

种花

干枯的手有点脏
却竭尽所能享受着
一丝不少的姿势和收割

陈二的姿势（艺术家自画像）

一

最脆弱的死亡季　欢愉着

生长尽如人意的得意绿色

一丁点粗俗活久的呼吸

二

干枯的茎叶

竭尽所能享受着

一丝不少的姿势和收割

三

仿佛野风掠过

肉体甜蜜蜷曲的花苞

枝上的急雨忙着涂写莫名的果实

四

再也没什么　如此轻易的针脚

格格不入的缝你即兴的枯骨攀藤

五

情节开始的时候

你鼓弹的墨线　在远方也很真实

田野给你的牙口都在发黑

哀老的弧线加固了你堕落的数字

六

视线模糊　再也找不到你肆意生长的理由　比如

比如

太多的箭镞被覆盖　被忽略

就等于自由……

七

抱歉我仍未想起你的名字

你旋转深处取蜜

却又被荆棘夺错入怀

卷走的生命一个个被卷走

好比你

正是因为有无数天真的错

才有无所不能的感觉

八

无所不夺的感觉　是彻底错置的感觉

失去的位置一刹那

你杂种的刺青挣扎成完美的道别

九

你今年是遗落的针脚?

你手指木屑的茧壳　有尘埃有雪

也许还有千山万海的剑茅

我能看到鬼怪精灵铭刻的顽固艳记

那束发蹲下的鬼魂是我　顽固

标着寻仇的姿势和收割

陈二　我们可以一起变老

嚼你地下棺材赤红的舌根

十

星星给你我照了相

抬头时

你失去的光焰　原来早早写在我的光阴里

你不必在意　我们有同飞的寥廓和孤雁

十一

你捎来的贝叶、虫子、零星的时光

穿过田野给你的乡村万物命名

我愿为刀为笔为墨

从你昂首的额发开始触摸你无盐的纯洁真实

陈二并非如他所愿

一

一条小河　一座桥
之后是一排竹子灰白的房子没有尘土的路慢腾腾走着光脚的雷声
陈二的幽灵正穿着他的黑外套敲门
两手忙着在原野　找他的斧子、针和线
他扬起的阴茎像飞蛾
被两口棺材压着
没抬过一次头　已有数年
昂首的公鸡独自阔步在院子里
像一个刺客独自暗淡得看不清东西

二

雪花一直降落
这个寒寂的夜
村里的人早听见我在外面
坚硬的冻土上赤脚踏雪的声音
一夜一夜化成走火的风
烧着枕边的前生、今生和来生

三

我想了很久了
美味的故事已经熟得可以告诉亲密的友人
麦场野田上舌头有它的欲望
要把青山落日送给你新种的情人
唱完你拔节如水的烛火、时间、墨染的短裙和对手
任流云的稻草一日如千年地漂过我们见不光的脸

四

陈二像木花煮土豆一样生活着
左边刀子削过　右边是牙齿磨过
一阵阵风打着圈　他们站着不穿衣不说话
他们相互在对方身上搜寻着自己
妳唱就唱吧　反正我也听不懂平常的句子
我还不能把一颗果核的方言说出来
陈二决心要埋葬某样东西
不管它多小　或者多大

五

陈二一直说不清楚是什么时间和什么人
坐下来在玩皮囊这个游戏
许多年后他也没有学会情爱的便宜

他不清楚沙漏里时间狮子咆哮跃起的谬误

它们怎么错在永远都对

陈二绞尽脑汁的时候

脸朝墙壁

像一只纱窗上的飞蛾　兴奋得无法安神

六

一个熊样的春日下午

时间也诚恳歇息了一下

慢得像一个陌生的女人

戴着墨镜半掩着躺在那儿

时不时地偷偷看一眼

痛苦的陈二虫子一般的情欲

一吹如雪

七

一整个夏天都是如此

咬青山的竹子　暗得看不清想要的东西

藏梅花针法的桃花是陈二想要的好

传信的生枝白云　数数韵脚

狂野的桃瓣　是否留够了杀花的清白

八

陈二相当熟练地掌握了村口消息树的辩证法
枉赌的时间总是宁可兜圈
也不愿意直接走到我在的地方
一只杂种的狗　摇着尾巴奔跑
像飘落墙根的那一片雪
寂静　又痛苦地退回去
一直等着傍晚田埂上吃草的黄牛
打扫分辨不清蜜蜂和漆黑的少年

九

这个花白又黝黑的脑袋里有
各种各样不妖的英俊和罗网
其中有些不像荒唐
粗硬的双手长满皮毛的事实　从不说话
一根根绞索打造的日光里
真的永远有个白皙女人在脱衣裳
像远方一棵树上掉落的一片月光

十

飞蛾围着我哭命魂　哦叫喊
迷失的灵欲个个都是如此遇见

带着骇人的盲目　和烛火

起起落落　从不想降落

比如像今天　我要在左耳边戴一朵你路边的野花

高高抬起下巴　叫来一个快乐孤独的老灵魂

十一

当火焰燃烧到你的指尖

你在墙角为我偷下的梯子

贴紧鞠躬和幕落的头颅

雨水模糊了焱烈的体温

十二

是否用一根火柴点亮茁壮长大的影子

退回到你我任性的

守夜更夫的破鼓

假如我不想被人认破的影子戴着你胸乳

黑暗涂写的墨镜

———因为夜正神神秘秘溜达过去

我小心翼翼

从地上爬起　又爬起

像行刑前乱魂的一瞥

透露出一个来自阴间的秘密

拉上一个快乐上瘾的老灵魂跳舞
假如我就是我所代表的那个人
在一台老收音机上为你轻声歌唱
像一只小狗在绕圈跑
写写曾经爱过的一个一个人

翻开的一页是多么卑微的一页
用一天中不同的时刻
偷凿了你一缕缕雪白的光线
……

十三

一失神一片遗失的寂静山海
留月亮在空中
最早是你　黑裙背后的阔绰嬉戏
和附近一片水田　蛙虫暴雨的阴影
混迹于附近上等水田的辰光
在那儿　你学会一些关于生活的事故
那些猫、捕鼠器和月下掺毒药的诱饵
时时查看你竹林里可能隐藏的最后一片雪

陈二头顶月亮相爱

当火焰燃烧到你的指尖（肩膀不记得头颅的重量

你偷偷在墙角为我埋下梯子和马刺

看月亮一本正经妖娆幕落（尘与尘都谈了些什么命定

万物都迟暮得像我们难释怀的苍白头颅

苏醒过来的青春一根根地拔刺（来得太快的还有什么

画押雨水泪水一夜千山的百变谣传（如同水中有盐成就了海

是否用一根柴火点亮茁壮长大的影子

数数你我任性的白头童年　和

守夜更夫霜打头的破鼓（烧成灰的东西　你才能收得到

晚风不想被人认破的影子（不能停下来

戴着你新裁的胸襟翻墙落地（我已烧光了落山的太阳

一路蜂蝶压花的眼神　只剩下我（已烧成灰的风和耳语

刺心的夜赤条条溜走

我小心翼翼　从地上爬起　又爬起

像行刑前乱魂的一瞥

留下一腔悬命的苍苍沟犁

假如今夜我是我所代表的那个童年
在一台老收音机上为你轻声唱唱
像一只小狗在绕圈奔跑（唱过的歌都没有词却长满了刺
看你一个一个沉沉的落日（孤单地跑过来
说说曾经隔山隔海地爱你

为了不出错

我独自的技,用沉默的火四处谋杀。

而你,你在火焰的另一边太远太远以致我把你混同成我。

原先拼命炼成的技早就变成一堆瓦砾……终而成了一堆灰烬。而把精神高悬于这灰烬之上,如果不得不问价,那你买不起。

——每种灰烬的瞬间选择不就是这种救命的要素吗?将做选择的瞬间加起来就是创作吧。

创作中荒唐的传递就是这样的巨大诱惑。而我们又不能够保持沉默。一种是登天之梯;一种是通往阁楼的楼梯。(都是抓住一根救命稻草。)

把所有的技都做得更差一点,更便宜一点。哪怕完全失去技的哄骗、和能力。

因为"技"是"问题",是没有答案的问题;是由矛盾组成的。不需要实证思维的结果、方式,这就是诗比"技"、比哲学是更好的形式。

——既然无时无刻都有失误和损坏发生,那我又何必交代它的背景呢?

不抽象,就无法深入思考。不本色还原,就看不到本来面目。

——简单就是一次到达。

所谓郁闷、失落,就是灵魂失去了哄骗自己的能力。

用力抓住那玄秘幽逸又稍纵即逝的人性"气韵"。别问我气韵是什么：呼吸，难道不算一个吗？

在我使用童年的语境时，我对画面的把握最充分、直白、最出色。（哪怕它视角疏离、平凡，不能打动任何人）我一走出童年就睡着了。
每种童年都是历练，是为了敲打我们。就算是我最不在乎的童年，我也放不下。——幼稚到这种地步，就成了舍得的前奏。

创作里"进步"是最不高贵的多余谎言。即使没有进步的观念，我们也会停止进步。
上帝把全部"野兽"径直写在个性的曲线上。（个性就是这样，我们一生下来就使它增加。哪怕是空虚的内容。）

你嫉妒的不是"上帝的技"，而是他的孤独。——致老大师们

我是以耐心替代技艺的。这就是我的信心。
我倒不是能耐心地点画，是一种解脱瘾。上帝清楚再小的行动对我而言也是沉重的负担——你它赴约的当下总让我觉得错过了自我超越的机会。性命一点点流失的寂疏，简直是不值得勤快，另是一种瘾。无情呐。

创作中豁出去的一切命运，都是幼稚。

都不是天才,吵什么成熟和赞美。

一切热烈的技都是无缘无故地出生,因软弱而延续,因偶然而死亡,或成为怪物。
我对其中的"误读"有完全正面的理解,"误读"可以是一种创新。

经验误人。经验往往是一条胡同;或死胡同。而"非人"的经验似有更多的内涵:更多的可能性。
艺术胡同里的"异类",是我们离弃通俗性命的最便捷的兽。没有任何东西比非人的可能性更强烈地使我们回忆起我们试图借以忘记它的那些战栗、嘲讥。我为什么要这样下贱呢。

欲念的万千野兽在虚空中扑腾。而虚空在自身中扑腾。苦难的激情听凭我们倒在血泊中。"听凭"真、善、美三大皆空。——动物在乡野的空气中虔诚地打嗝。

一切教条都是谋杀。

能用自己的规矩自行订定调整的,都是创造。这就是神。

"丧失"是诗意创作的真实主题。欢庆和受难同是这种哀愁。哀愁即智慧。

所有忠实完美的创作"荣耀"都是一种拘泥形式。

一个人因完美忠实于一部无法辨认的法则而死,是一种孤独激情而不是艺术创作。

一个悄然泻下的"生灵"自发构成一幅我们通常称之为心灵的图画。

我的"感觉"还没有得到充分的运用,因为我满世界提着刀也找不到(理性)的自己。
看,听,闻,尝,摸——就是上帝,就是每个人

没有你,有些东西也许永远不会被人看见,你得让它们显露出来。有一种疏忽大意说的就是这种神秘。但正是你说出的一句
又否定了全部。
被理解的人,一定是被误解了。

没有任何人值得有一个风格"自然"的作品。没有这样的孩子。

(初学时)我们曾骄傲地废除了所有的丑陋,现在却将它扩展到所有地方。苍白的美色向我们证明了身体有多么理解灵魂。

那极度无聊无趣中显出来的高级贵重,有味有意思。嗯,如果真有什么纵欲主义,就纵在这无聊无趣的身上吧。

复杂不快乐，简单不快乐，快乐是天性里的动物教养似自然。

好吧，教养来了，天性来过了，动物来过了，现在只剩下汗滋滋的读者了。

忘我创作中只有不知不觉流失的部分才有趣；我要时不时停下来，等等或想念一下。

最想和那些再也见不到的危险求知欲、裸露呆在一起，想想以后连死在一起的机会都没有，也就呆着忍受了。——反过来，其实也承受不了自己知道的东西。

讲规矩的技和美是不道德的。

我一直像个劳改犯一样地工作，而且像个无期刑犯那样工作一生。我不关心什么主流、学术上的位置，因为我的问题在于对自身的改造。……一个画家，如果不因为自己的作品而发生变化，那他为什么要劳改一辈子呢？

寻找一个你不想找到的美和兴趣。——人给自己建造了一片新的星空，而后又逃离了出去。

净土无故
70cm × 50cm
2012 年

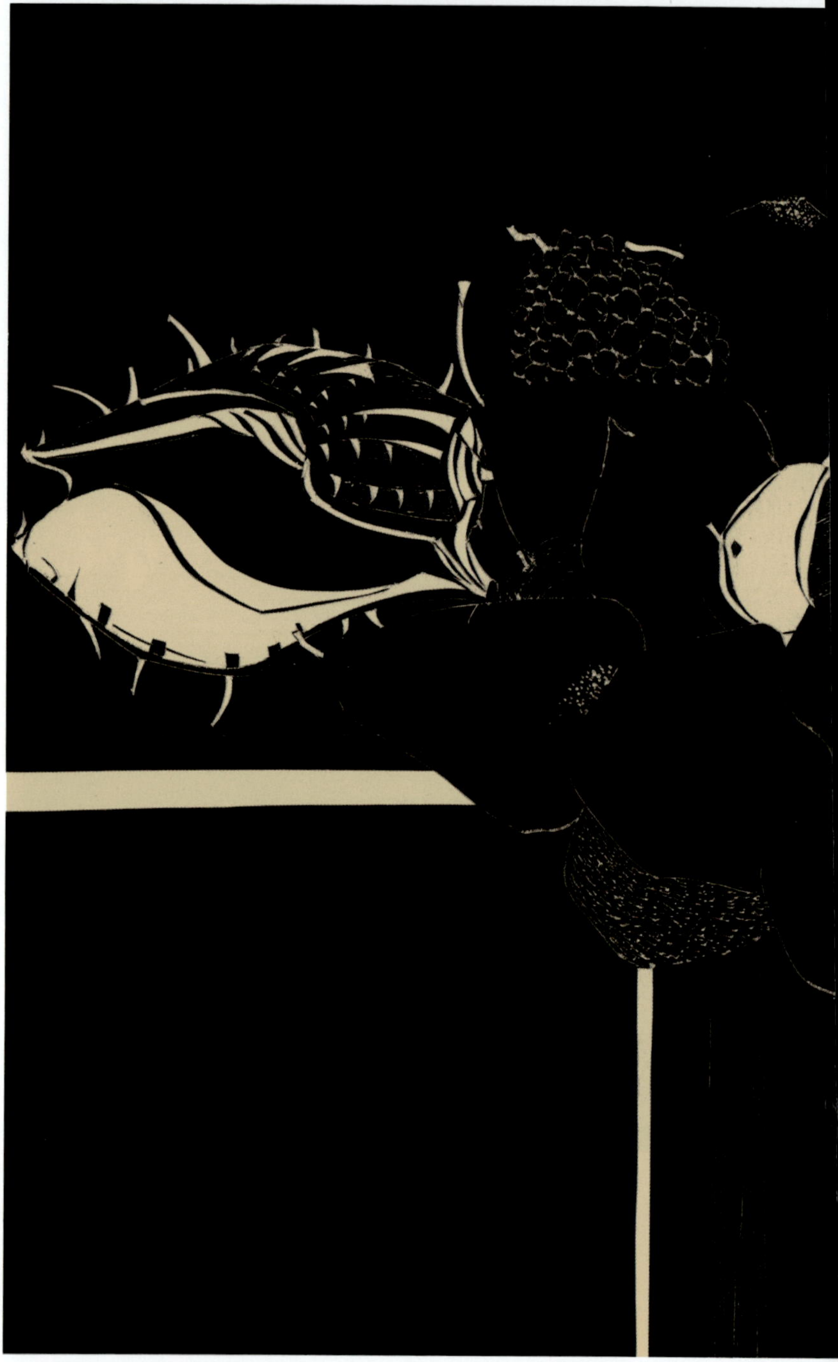

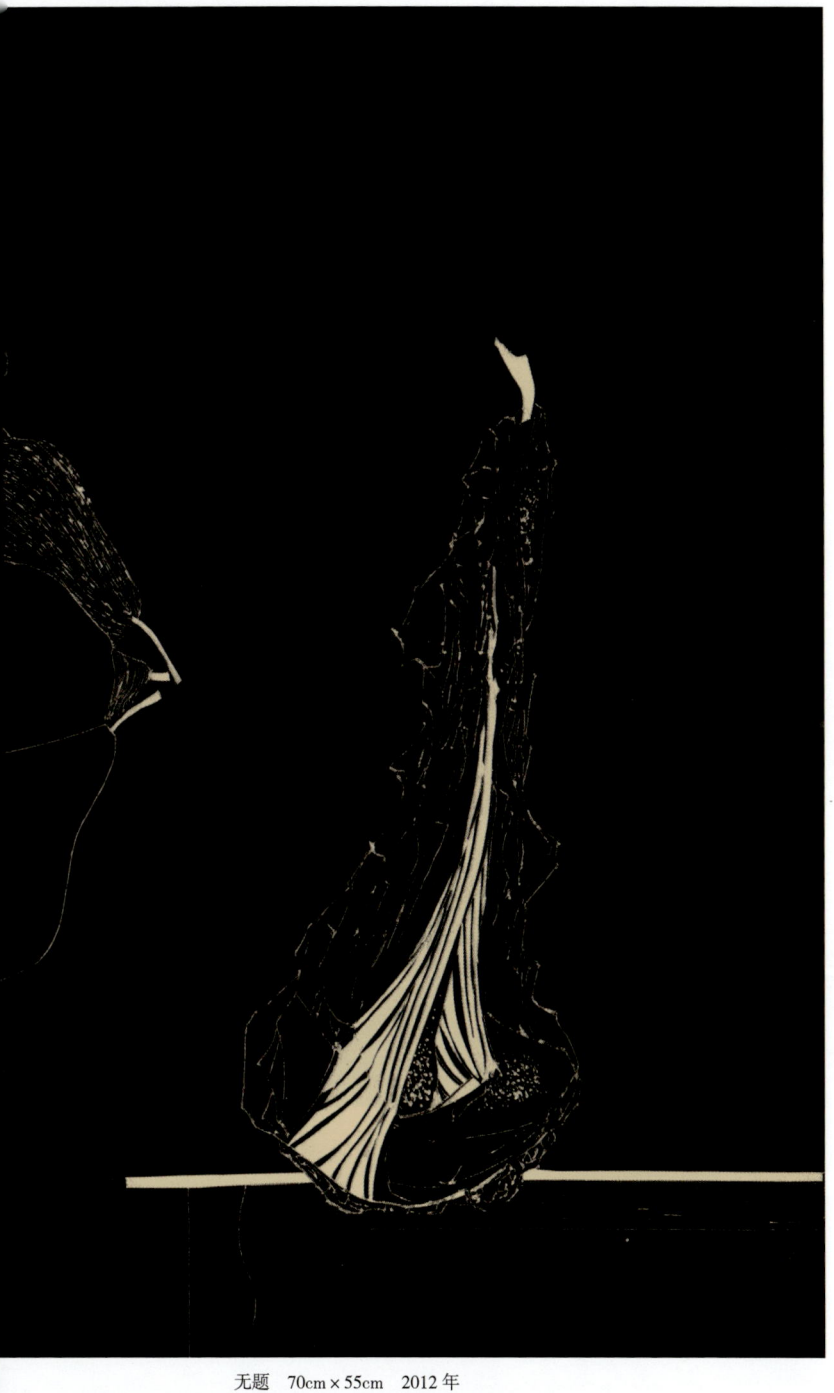

无题　70cm×55cm　2012 年

无题
28cm × 22cm
2012 年

内心

我不能确信这种情绪方法的成败。如果它是失败的,那这失败来得艰难而缓慢,像一出戏,到我停手后才彻底完成。创造者的特别,就是他不顾一切地忠于一个关于自我和世界的艰难的理念。如果它像是有用的,那是因为人在绝望中坚守一种严肃的操守(或者不是)。或就是留下绝望的信息。

它是诚恳的。它的直白也有一种自身的丰富性——尽管它没说出什么殊异的东西。有什么内心的东西能够说出呢?没有。至少我说不出。(只有暗示。)

可是除了内心,整个世界都是异国他乡。

云天

没世的一朵黄花应了一件生活的真事情披着一件旧衣裳暮晚终于等到一个寂静的人来,听提前绽放的花提前消失。请去下坡的地方听大地上辽阔的雨声就像山上滚下来的云天塞满了石头
会有风加入进来还有泪水灯火小溪野蛇虫鸟的欢吵……作为虚无的暗示,一首诗到此为止。最好就这样活着为一声不吭的云天。

都在风中站了很久

我是多看、我不多想内心之外的声音
我从不是一个理想的观众。也许我也不是一个好的创作
者,我特意不想观众一派厮杀的画面我从不想他们——
如果有的选盲目没带面孔
我会选长满刺的。如同锤子对钉子诉说如果开不了
花　就让他长满刺吧
真正的观众都在风中寻找——都在风中站了很久,我在
意他们昂贵如果玫瑰太贵了,就用野草互相致意吧。

野草

蚂蚁的脚在地面发出它们坠地的声响（我想赞美

我"认出"了所有无关紧要的奔跑与脚下折死的花茎（死死相乘是零一减一是零

零乘以任何事物都是一个世界（那千万颗生于肉体与冰川的种子

野草的世界（阳光的刀剑缝着地上的影子　像一颗忙碌的种子

我一次都不曾（在风中掂量自己

惊醒他（我是从大地爬出来的那个人　我从没有说出妖魔的名字

世代练习

一个字向命运抗议：

我最想得到的总是离我最远（一本书的黑暗
竭力练习保存的那一笔比一生的时光都长（就想鞋丢在半途　做个浪子
它的练习要求手中无理无物（风一吹你就跌下
掌力谜语一般如锥画沙的行走　故里农人的忠诚——没有躯体的线条
一直改变人为度量，你知道我以为你已遗忘屈尊的牙齿：我在这里。
除了这里我哪儿都不想去。

经典，一个谜语的孤独词：即是创造又是经过。以及，书法喜欢在身体内刻骨练习。（烈焰一样忙过凋零纯棉的光线

十二次闪电

一

属于死亡的日子，所有的灵魂未被标注尺寸没有形状
这如此赤裸的美难——无法言说死亡斜着身　昂贵的书写贫困
好啦好啦我一口口痛饮它干渴的钟声
每一击传出的回音都没有那边那边的死亡记忆
我是另一个疯子此处此处谁是多余的人？
失去了原有的单纯——单纯很好
　　　　但你的单纯怎么见过我的单纯而死去

二

单纯的体内有大地
我们读过它经年的深度（和驱魔的尘土
那些用泥土和黏土捏出的人儿（竖起烧焦的手指　和所有烧焦的名字
你知道那里无法铭刻一场暴风的灵魂（自由无用的终究无价
我们挖啊挖
那些蠕虫　指环　雷电的枝蔓　子宫（和你水针划破的影子　拼尽气力
带着无人人赞美的深紫荆棘

三

你新洗的世界彻夜真实了一次（一盎司的至心高度
用寒鸦的歌声（仿佛你能听见那唯一张弓的弦

诉说了最后耻毛深处寸寸奋力的谬见（那些听不懂吹羊角号的真理啊

正穿过你的良心（那是我致命划下的站立
　　　你可以放心的
　　　用去年的良心款待我

四

擦肩而过的人就不要记他初生的模样（闭上眼我记得他鲜新发涩的模样
咬紧即将被认出的话头（雪掩埋的新蕾孤零零地溃败
耗尽气力的梅就是这般落下（风卷去了没人到过的地方

五

那将自己隐没在暗夜里的人（徒握一把利刃
一刹那咬出了惊骇的飞翔与悲鸣（隔着一道道看不见的铁栅
一刹那背井离乡的初次啊（一醒来骨头就滚落下来

断线的珍珠

死者的话语干了。饱吸了一通鲜血后
诗人又一次以他特有的方式（躺下凌乱破碎的河海江雪
华丽而不失分寸地磨练出一粒珠玉（乌云流马的小赘物一落下就是悔恨

唯一"真实"的珠玉是散落一地的珠玉（日光暴涨的小偷来客
其他"自然"并不存在（其他"真实"的珠玉是能让我发抖的自然

一见钟情

这背刺的一瓣一瓣心脏叫月光（一丝不挂捡拾戳到的刺扎
爱着荒野　水流　星河（我从未见过自然的人或人性
而我以渺小来爱它（爱各式各样不同的现在
直到欲雪的寒霜将我拐走（不论单瓣或重瓣石头灵魂的赌注都太高

这是爱着的命运（那利齿的边缘　人一直都带在身上
需要一种畸形的人性味蕾（才能腐朽入骨）
来爱上自己（爱上一见钟情的自己

羞于童年

所有雪的名字所有盐的名字都是一片空白。雪、盐的一大片空白不能单调,月光穿过高高的树枝,也不止是月光,还有整齐如芒刺的清澈。那一页一页盐血交换着无法相认的名字,不能启齿。

(我乐以此单调的空白取用纯洁。这样每一断线童年都能独立地存在,泥巴和稻草不离散。)

童年早晨满天迁徙的鸟
从容不声响
给我
讲了一个铁盒子的寒冷寥廓的自由

界限

根据需求,我们可以无数次的瞎眼或睁开双眼,以测量面前的各种界限的紧要关头。正如忠实的狗总走在瞎子前面。

("瞎眼"这是界限特有的感性的逻辑方式,幸亏有瞎眼,才能触及被个体所勾勒的扭曲界限〔尽可能不去模仿那些在谜一般的黑暗中打死结的人〕"睁双眼"就像蜜蜂总是酿出多于它实际需求的蜜。)

忠实的狗

把

自己视作

一个

失踪的人

一晌贪欢

创作的世界是个假托，欲望才是主宰。

花花灼灼的世界应该"丰满而又紧张"———岩石与岩石野性的互毁互动，它们充满血骨的征服，绝望狼狈的默契，我赞叹这种暴力；手握着手也要有出乎意料的失衡贪欢，这是创作的一种完整的信誉。创造中有一种喜悦叫"出人意料"，是我们一时站不稳而左右摇摆的刹那的美妙。失衡的秩序必然呼唤僭越，我理解人这只野兽写下的一切——还自诩此为生命的核；雏菊一样取一朵插在胸口……但最后不管是什么欲念总是以枯灯厌倦收场；这是创作的特权，特权足以使人发疯，足以让人去劫掠。不然艺术是多么单调的荒草。

没有果实在那里生发
电闪的风暴
如此寻常
等一个寂静的人来听

素描

两只蜗牛去参加
一路枯叶的葬礼
你慢走的梅花　说出车辙泥沼自身难言的渊深
像躺在雪地里失去世界的时间
炊烟和河流　飘着旷野瞬间无垠的乳名

一些蛙声、草根、贫穷的野香
和小路上走着要去看你的人
在赤脚的镰刀上欢唱破灭
体验着秋风词穷的寂寞光影

每一片枯叶都是去年的一朵花
躺下听了满地月亮的歌喉
像我沉重赶路的粼粼白骨
在贫瘠的年岁沉默的画像
不断地把风、草叶、不妆的血肉魂灵
一一敲入　白头的地底山河

下了一场春雨

牧场里的野草从未见你
把泥雪密布细小的血管抓住
但每一丛野火我都能听明白
你还没说出口的高贵比喻
南方的灵魂十分单薄
不能做一把镰刀
用刀的爪子抓住坍塌的大地

在每一片草尖上
写下你未完的野火故事

带血的羽

你的梅花躺在雪地里
不知体验了几种刀斧的煎熬
每个季节都有你带血奔来的历练
比如自律自我熟睡中死去的美丽渊深
——也混迹着几颗陌生高贵的心
只是为了不停地敲打我们

长大又长不大的心
到处缺席
我们到处庆祝这唯一长不大的心

太湖石

对这个主题的幻想能让我真正地游戏。因为石头没有一点相同，也没有一点不真。

如人之性灵。不是说我离石头很近，我也不能与它分享从容的表情。我只能坐在它破碎自然的细节里，说说人成千万种秘密游戏和欲望。

人在游戏中才能找到最纯、最直接的自由和生命，好艺术都是自然中做平淡高贵的事。我在与石头的游戏里等候着本色的自己。这闲情逸致像幽暗的火，将我所感所表达的（一切）都镀上朴素的金。（我没有朴素的时候就是乡巴佬。）这闲适、朴素，很天然，也很生涩。

这天然很美，这生涩也很美。

就像鸟儿的第一首歌，不会是天堂的声音，但只要它足够完整地抒发了那一刻的生命冲动。足够。那是大山大海的目标。

若你选择了拥有此刻，你将永远不会失去它。

诗心

我的诗意是,把最好的留着别说。

深刻的体验都拙于言辞。

如果它迸发自人最内心深处,那么有谁还会解释它吗?

让深情与深情相互印证。深情离我们远么?我要它,它就来了。

管他暗夜无人注目,动情地开了、动情地谢了。

我们在峰峦之巅呐喊,而群山回唱。

野雪

花开了
你覆霜的手就是谷粒饱满
救一段坏掉的时光
——灰烬一耿直
烧成黑夜所有颤栗的破洞
白中拗姿的单瓣梅花
那是你单调的情欲
报知了人间无所事事的山阴、枯树、茅屋、天、云、竹……
那淡淡落痕

传统的桌子

一

传统的桌子颠覆了半天也没有搬出去。这样的事也会有的么?

二

不用传统的原稿纸,字是写不成的。

那成捆的传统梅菊,在哪里开着?从前的情书、从前的愧疚、从前的蒺藜,大概是不错的;从前的东西,像金子一直映照在心上。

三

没能唱过"过去"的人,声音多粗糙啊。那真实粗糙的力量过于真实。

四

我一直在前人的传统里,试拣出错排的字句。

不小心打破了一只饭碗,也有种破坏东西的愉快。

五

不识古人,不踏古道。识得了才说。

(你不认为你在向传统仰望时所失去的东西对"人"来说太深奥了吗?)

生命种在那里;眼泪也种在那里。

光

幽暗让我无法承受你特定的光
活下来的光自会搞砸自己……
那些无所事事的时光
那些特立独行

灰烬

我画了一只凤凰。不是中国人想要的多金多彩的风格,是灰烬中出来的;也不肯华丽转身(其实凤凰不要转身)。但凤凰出来了,也不让我们看到别的东西——不知道人经过多少假设和经验训练才能够迷失,不这样迷失也做不到对它真正的尊重。

  凤凰是要飞的,在火中深眠之后。但人,从不肯确切地把火中之物描出来。

人不相信灰烬中的东西,因而凤凰寂寞了几千年,连灵魂也没处安放。(更寂寞的是,在它被人理解了后反而失去了伟大)中国人把凤凰看作神。凤凰不是神是人(而人不能是凤凰),是人对自身的强调,是人自爱的侧影。但人不解这一点。

  在文艺或不文艺的意义上,凤凰的一切都是难以言表的(类似一盒火柴。视为珍宝,未免小题大做,反之则不无危险)。我的直觉是,表达一些伟大的不可言说之物,最好的方法是回避(回避它的表征);凤凰,也就是回避凤凰鲜欲的表征。表现中最有力、最自主,也最高贵的,常常是这样的沉默(和虚空)。

像灰烬一样的沉默。

街对面无眠的人

一匹满分的灰兽仰脸
打上碧草五月的身高和镰刀
于是,不管你往哪里看
石头的罗马,追猎石头的真理
和广场上唯一喝醉的人做爱

荆棘混同你青铜的真香——完好无损
也混同北侧的地狱为你
秘密多写的一行白头听众

两颗孤单无力的表情走在
天空流水的章节,隔着篱墙
攀了顶峰的泪水
——我没听见心跳。事就应该如此
相爱的人背对日落浣洗脱胎无眠的言语

太阳低过眉骨,影子像是浩瀚的巨人
化成树上无人敢捡取的
细雪、排浪、冰风的斧记(请不要给南方天空　徒劳地
调音

美景发黑,密涅瓦的猫头鹰只在黄昏中飞行
追赶胆量,笨拙实心谎言

影子蔓生出逃的目光、荒野、万物的地平线
读懂你可辨又不能辨清的　高贵
铁,和海盗的一声

果真　是您有一颗好心
请打开吧
你梦里存活的魂灵

在你醒来时再死一次

2001 巴塞罗那

浑不解琴

不知道为什么喜欢古琴。

比较直接的两个理由,一是它温润纯粹,而且内在;若瓷如玉,夭夭泠泠,落花流水。二是古琴深美的瑕疵,声音的固执。它本来就不那么完美,我们怎么能够拒绝它呢。

我常在古琴边踟躇。生怕太投入?又生怕不能深入其中?学习的危险,是生怕不知道什么时候该停止。不能止是因为不能尽其完美。对它独特的品尝,常让我明了,不用一颗平常的心。"不用"是很多人根本不认可它。(我总是看到人在模仿古琴,沉浸的时候常常是直接与它对峙。)"不用"大概也是用尽了吧。用尽了就找不到平常的归属了(一切坏的自然流露大抵如是)。这也是我距离古琴的耗费吧。

古琴,是一种灵性而危险的东西,容易领悟(因为人多情)。但是,但是它并不容易让内心变成金子;我们常常只能读到一个一个纷纷芸芸的人,或一个人与另一个人的重重叠叠。这是人能够做得出来的事——对我,古琴的重要魅力向来都是"不解"。人人不解彼此的意图。这就是人做得出的事。有什么比人人相通款曲更让人难过的事呢?!

我更愿意领悟每个人的生音生味生意。创作就是不肯重复——既然"你"已经来了,而一切必然要改变了。这样的白雪精神,往往都落空。

  落空,是人自然所要说的,比心灵所想的少。落空实际上是"琴"的特别部分(人找得到琴弦里钻石的天性吗?)——手总是比琴慢了半拍,先是琴,然后还是琴;有些"心"就是没办法告诉人。天然天性总趋向无声无息,这是天然的主题。

将个人不为人知的大好境界,异常自然深入地简化,淡淡入弦,大约是个好作为吧。而我总是做不到。琴(人)的最妙境地不就是回到原形吗。我真的还不能做到。

做不到的唯一借口就是对"她"太过喜爱。而人太过投入的东西都是无用的。

琴者,深情也;深情,私刑也。
深情,最孤独的一种私情,寻常我们不相识。

枯梅

像个人
一夜间白头
举香雪的云山
突然从指间遁逃
看起来更像朴素的种子

兀兀不造作

一

所有天然的创作到最后都会是好事，如果不是，那它还没到最后。

天然个体的真实塑造，当生则生，当死则死，皆为罕见。如果我的"天然"并不说明什么，也不刻画什么，我也想真心表达，这是一种自然意识的实现。

我一直浪费天然的时间，对天然无常地生发美，我总是不断地让步。"不断"像是一种灵心摆渡。

二

要有让肉身成为"原初"所不是之物的能力。同一种欲望若从十种不同的道路获得，将是十种不同的画面（欲望的手臂常常会伸向我们并不伸向的地方）。人总是完成不了。

每次我只从了第一次未加工的简单之物，仅是需要挖掘之物。我不从书本或写生，我直接走向活人活物；直接有时像一种罪过；有趣的创作都来自直接的狂风暴雨。

三

创作必定依赖独特的个人观点，依赖于独特心灵经验的归纳与当下的"奇迹"。已知的答案是不适当的。这像是凤凰的经验，它只在烈火中歌唱。它只在烈火中将自身解放出来。——千真万确，艺术和美自然而生——它通过各种形式抵达我们，或不发生；这小小的美的奇迹甚至不取决于艺术家。

所有的美都是偶然而来的。对于我，"美"比艺术家、比时代更重要。当然,没什么可悲的,我们终其一生不都是在追寻"缺席"于我们当下时代的"美"吗?(正是美传递这样超凡脱俗的人心,不然绝望的人怎么能爱得上自己。美不传递,就毫无用处。)

除了美不需要别的。

四

所有难以归类的技术语言和灵性约定,永远不要将它说清楚。("永远",是更自然、更直接的涂抹和镜子,让人照见自身的混沌狼狈。)

不妄作选择,只是按照(绘画)直知的觉得去行动,不论它走到何处都是对的。最好的东西总是发生在不可言说又出乎意料的时候—— 一块没有预料到的骨头;创作中意外的混乱才让人热烈地咀嚼起来……这时刻寻衅作坏才是健康 —— 恰恰是作乱的世界,像我的世界我的独自,而不是其他的锦绣。不幸的描述就是这样,它会在我要投降的时刻,把统治权统统扔给我……这种情况下,哪里还有简单的描述,简单的位置呢?(人只跟"技"的魔鬼打交道,人只跟这样的轻薄激情打交道。)

惧怕技的死亡是错误的 —— 最坏的技,这是"最好的"一种特定的标志。

正活的夜

孤自活着的谷粒
习惯挣扎于稗与禾与刀尖
慢慢织出变黑的皱纹、风干的骨节、根须
还有一缕稻香的家书
啃着半碟老家的泡菜、方言
不肯封口

一根弦　两根弦
雪籽簌簌
月光是另一把锋利的刀
以暗河的速度
弹拨着我骨泥深处
盲目投递的另一封剩余独白
那些冰冷的草木姓名

二月二日的笔记

一

本色喜欢隐藏,所以没有什么深沉的真相。

二

本色真相完全不能穷尽。所以本色似乎是失去的。

三

没有什么能满足完美的答案。
完美独自凸显。

四

把所有最美好的都播种下去,再播种下去。艺术家的任务就是清洗(喜悦的)种子,并播在心田——也许一个献身于艺术的人就是一粒种子。(多么遗憾啊,为了抵达大地,竟要取道信仰。)

五

正是人违抗的东西成全了人。这也是力量成长的轨迹。创造促使每个人成为自己生命的创造者。——每次为我开拓暴力视野的都是死亡渣滓,这只是单纯的巧合吗?

六

如果欲念是据个人的需求来计算,就不够了。就扭曲了(就是不美)。

欲念要说过头，才配得上推心置腹的骗人；配得上汗水淋漓的真理——天真的真理，总在镰刀的脚步上破灭。

七

也许细节本身并不发光，但是，它是光的传导体。（流动的水，也是细节比喻的最好形象，用陌生的办法重说一遍细节，也是光。）

八

平实、简单才能抵达真正强烈的诗。也只有在召唤不可能的"强烈"时才能理解平实、简单的沉痛——只因之前付出了不断撒谎的代价。

九

平淡的境界，往往最危险最难过，因为我们不懂在平静中整理自己的杂物，所以走调的琴声成了自然的最后阐释者。

十

在一幅作品里，你什么都可以虚构。惟有感情不能虚构。

十一

你想法越多，最终完成的就越少。这是少的高度。

十二

不必着急,灵感的稻草总会在最不经意的时候出现,并散发罪恶的芬芳。

十三

像原罪一样的痕迹——像原罪一样的积累。
(当他说出来的时候,你还不理解呢。)

十四

没有任何人,也没有任何东西能抓住它(欲念)火焰里的(思想)形体。火焰不会久存,
它带着灵魂一同消失。
如果它迸发自人最内心深处,那么有谁还会解释它吗?

触处似花开
70cm×50cm
2003 年

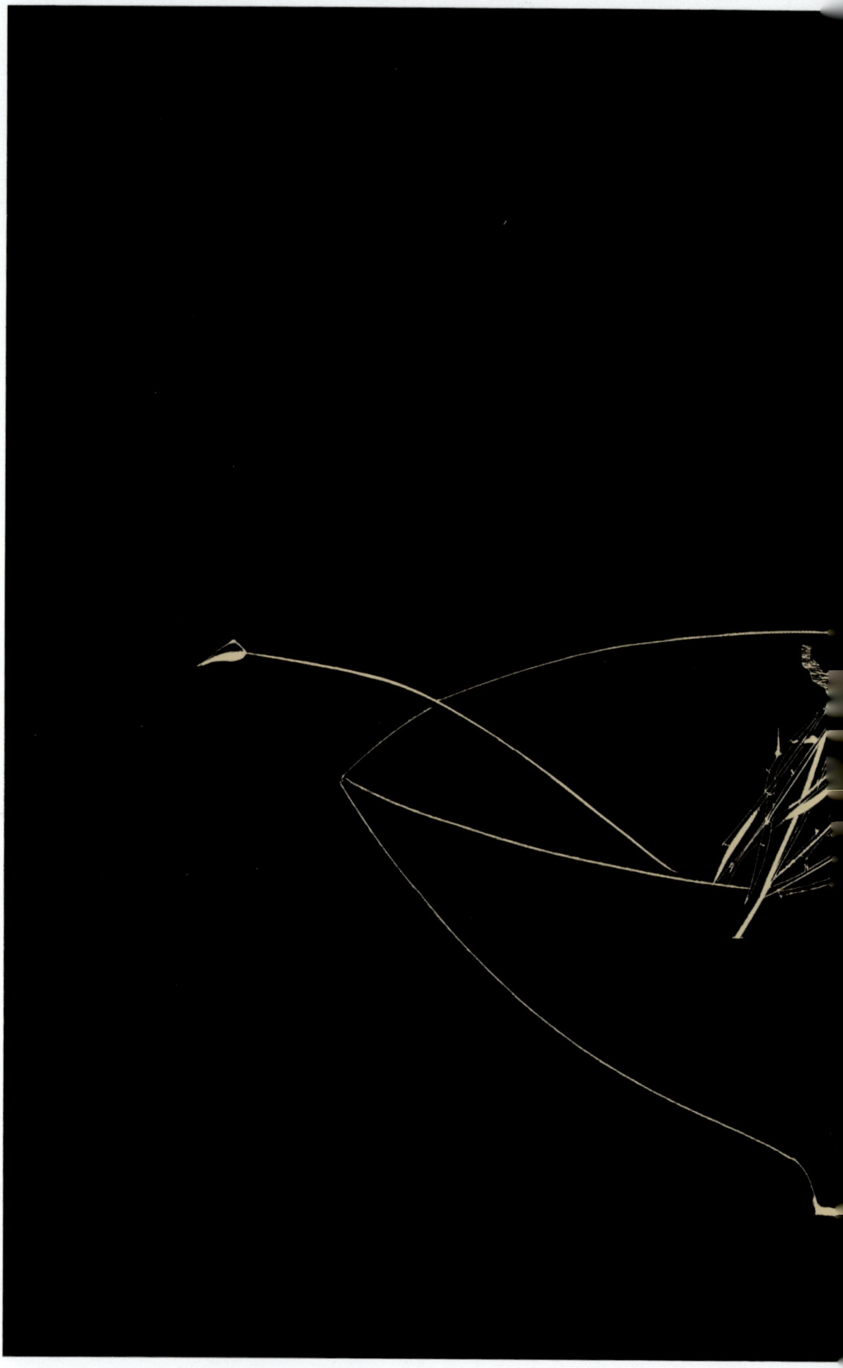

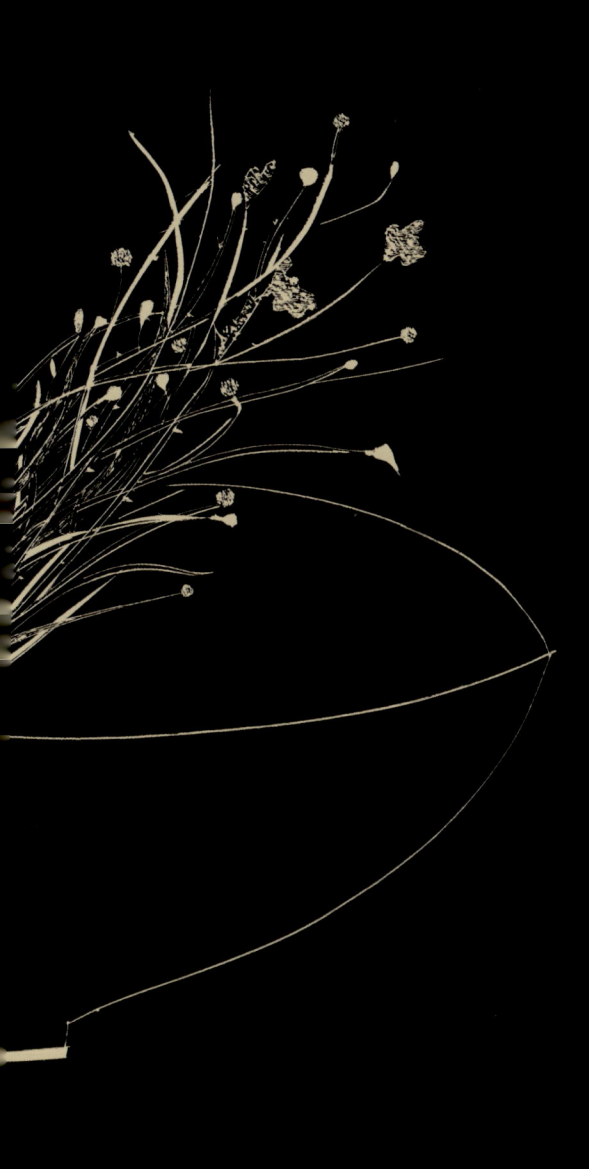

野豌豆　22cm×28cm　2011 年

沉香

70cm × 50cm

2012 年

通则

依靠通则技艺定义的人,不晓得什么是命运。

"人"的艺术没有通则,人就是一个例外。——像那些翻过的土地,阳光一出来就会开始冒烟。(应和造物者的喘息)。

那无情的疲惫的心,其实那正是一种艺术。

一

纯粹的技是死掉的技。因为它的探针只是达到稍微深一点的地方。我们对技的"永恒"这个词是没办法领会的。不,我不看技。那是疲惫。

二

一个有血有肉的、独裁的技是挑衅。它必须完全赤裸裸地描述挑衅所指的尺度。我几乎准备放弃一切努力了。——这颗满是泪水和黑暗的心因为(大声)喘息显得真诚。

三

某种先天的纯粹感性的手感尺度和灵巧,被证明是某种纯逻辑的东西。

一种感性的尺度是世界的一个尺度。——世界,这是一种巨大的——表达困难。

四

技艺中我没有时间做自己。我们只有时间快乐。

绝技中的那种完美的孤独是一种恩泽和草稿。它促进人与人的灵犀和骄傲的真诚……除非是所谓的"永恒之刹那"那种意义上的绝技，不然我们仍然会错过自己的绝技。刹那的永恒，那是任人诠释的谜团。——充满激情的幽灵绝技我们死后相会。

五

绝技，像人性中一种次要的德性，正像一个美男子，你倒无法证明它们的存在。

六

不打稿是为"活画"，"移情"，取自己最心上的。
你如果不小心碰到意想不到的画面，你要感谢老天，老天在帮你忙。我错失了多少次伙同上帝的机会——事实是创作变化无论是方圆横斜都没有什么坏事。一切都是好的。是人心的主观差异、变化，弄拙弄巧好坏变化而已。真让人应接不暇。那些自然或不自然的，统统是要你俯下身去倾听它们，倾听它们转眼即逝无法描写的简单安排。

七

技的混合物和混合运动，需要一种诗意奇迹；一种单纯的并非复杂的"物"。——顺便说一下，自然自如操作的可能性或许是意义更为重大的。
一种技，它不能，也不应，使它比它的所指本来的样子更为复杂。

八

你是个陌生人，陌生人何必要承担我与技的烦忧呢。

九

技的真诚——我似乎不能通过语言表达深陷于它之中的狡诈与满足。无力反驳。

十

技艺里不必要的"满足"自然而然得到（自我）辩护的规则和良心。自我，存在着真正简单的物，和原则。爱"满足"最大的独创性就是模糊了幸与不幸。

十一

不要纠缠于与自己无关的技、色彩等等问题。对于我，不存在离题的艺术。当然艺术创作也不可能是简单的归纳或放逐命题，因为创作无论如何不可能是一条逻辑信念知识归纳的规律（无论如何任何绳索里的都是勉为其难的虎符）。——我们对此没有任何具体的了解，多么令人羡慕的运气。

十二

创作中的很多激情都会让我希望自己再老一点。
激情在还没活过之前就成熟了；它甚至博我欢心。只是我觉得它太简单了。至于激情里的真实，那一直是深不可测。——深不可测？它想要的东西就不正常。

十三

我顽固地在成熟前注入纯真无邪。我选择这种误会和医治。

十四

我不会把技巧里的价值判断完全拿掉。拿掉就感觉不到技的荒谬了。

十五

在表面看来极其单调的外表下,要证明单调思考本身是多么(单调)猖狂的冒险。这种耐心让我们和无聊的哲学事物联系得如此热切,像是有种荒谬的目的。——我是以热情选择了世界。但热情的深度却由它所包含的低级情感来衡量的。

十六

热情,像一个傻瓜说的故事,但没有傻瓜说会更加毫无意义。我会把这话当真;只要傻瓜别太啰唆。

十七

"绝技"这种状态的特性其实是贫穷。
贫穷的慷慨特性,让我在意有选择这回事。
拥有这样放逐又无知的技——我也就知道死在哪里了。
但如果不作回应,我会死得更早。

十八

如果技是认真清楚的，艺术就不会存在了。

十九

我之所以不想弄清楚"技"的运算和必然性，是否因为我误解了那些关系的本质。
良知良能是最好的感知和判断。

二十

可显示的技，不必说；不能自然显示的技，毋庸操心。
技是如何照料自身，并进行分类的？难道是通过技的互相格斗来显示它的意义和真假。技就是受其苦或为其受苦。
我认为必须在某种快乐的无常又无知的状态下才可能去爱技、用技去爱；并行所谓分类。技要分类吗？分类让人无法爱的真切。

二十一

最好的技总是对我说：我只能找个简单（又迟钝）的人；这点你永远不会明白。——我的迟钝知道要证明这里头的"简单"是巨大耗费。

二十二

如果画面充满人间迟钝又动人的意义，我也就不用技。
基于这种谦逊之故，我特别勇于下意识地自我跃进和表现，我有立场地享受自我立场，我很高兴这个尘世里还有像"自我"这样的坟墓；和迟钝。

是的是的，一直发生迟钝的心、迟钝的力量。谦逊的坟墓。

二十三

有时我内心最真实的部分，是我刻划出来的那些尘世坟墓和虚荣。其他的像是一片流沙。其他的流沙没完没了，上面挂满泪珠。

二十四

用技可以制造经验和上帝。甚至可以胜任恐惧。

但必要时我可以无技地缔造包括"上帝"的各种天真无邪。

没有人会归罪于你；因为我所成为的都因为你。

二十五

有一种技来自孤独，那种焚毁，编织出了独自一人的悲愤和力量。没有人是懦夫，我们做完所有能做的。

二十六

技的失败、冒险是一个小孩寻不到她秘密奔来的路。寻不到是为了不看见慌张的自我。

可是哪有奔跑来路？哪有性命织好的颜色、筋骨、灵柩？

哪有什么路，都没有没有没有。

二十七

技是所有毁灭的毁灭，只有毁灭。

　　还有恐惧，许多恐惧，恐惧，恐惧。

二十八

生命的炽烈风格有时成为一出天真的戏。（陌生的性命终将遇见灵魂的手,终将是这种最奇怪的天真、扰乱和灰,都不会在委婉中寻求庇护,不会这样的溃败。

二十九

常常是两种没有任何关系的胡言乱语，会在不同位置出现完全相关的相同表现和纠缠。我沉醉于这炽烈死亡的技。"沉醉"是赤裸跳下的意思。跳下之后的荆棘我没想过。

三十

我在作品中反复咏唱的
是那些永不回头的名字。

三十一

让她别死　如果灵魂问起离得远吗
我叫过的名姓都已遗失

三十二

技术做过太多这样那样的梦以至于不能属于这个世界。
那些朝向光、水、火、空气，张开双腿摆出毫无知觉迷茫混乱，那些靠匿名、堕落、疯子、乍现灵光思考的……技术正是产生于这样的空闲。发疯是值得的。

三十三
独特的技（因为"独"）不讲究普遍正确，所以它也不接受反驳。常识反驳起来是要大费周折，我们常常靠独特的消耗，来止住平庸。（有时候美的真理只有一个，能真实、真正表达的技也只有一种。甚或能真正明白的人也是唯一个。）
所以慢慢享用不真实的东西吧。那不能说出的大美风险，如果没有自夸者的特性，又如何变得刺激？
独特的，但凡我赶不上的，我就在未来等它。

三十四
精神创造形式。美就是这种风险。
（如果没有刺，你看上去什么都不像。刺是最好的部分。）

跋

在黑白与彩色间的灵魂独舞

邱华栋

早就听说过冷冰川,他是个独特的艺术家,一直在黑白之间寻找生命的原色。我读过他的画,非常喜欢他的绘画中带有版画元素的线条的丰富、丰盈和丰沛的意蕴。后来,在诗人树才的一部诗集的发布会上,和他相识,才知道他一直写诗,而且一写就长达四十年,却从未发表,也从未与人交流。这就令我诧异和好奇了。

后来,他把他的新诗集的电子版发给了我,就是这本《荷兰的心》。这是冷冰川的第二本诗集。我很喜欢这个书名,因为里面有荷兰,我在二十岁的时候曾经想写一部《荷兰的风车》的小说,但只有名字留在我的创作计划里,一直没有写出来。现在,我读到了他这本含有"荷兰"二字的诗集,特别喜欢。其实,我感觉他稍显内向,且羞于跟人说诗,他说:"向人说自己的诗,如同向人讲自己的骸骨。写出了是自然的溢价,不足以自赞;写残啦自然也说不出口。"

因此,他对解释自己的字句,一向都是不安地拒绝。像他在第一本诗集的序文里说,"诗这种感性格命、多少多少瑕疵和骄傲的人情味，写好了，也不是艺术。"这一句话似乎很有些拗口，其意思就是诗是幽微和精微的语言的火花闪电般的存在，写作的本质不是传信递息，而是用语言的火把照亮认知的盲区。只要还存在情绪和肉体上的战栗、深情、狂喜、困惑，只要神经元还在深更半夜迸发不合逻辑的火花，字句就需要在场。于是，诗就诞生了。

和冰川兄聊过，他认真写作诗篇，是三十年前在荷兰最绝望的时刻，拿笔涂写"肋骨"和反抗的字句，而绝望似乎永远是在热烈地开始或热烈的结束途中生出。那不可言说的无常虚栗寄托、对各式边界的僭越尝试，构成并唤醒了他文字写作的生命力。他说："创作让我在绝望中打了无数谜一般的死结。可恨得很，这使得我在每一次更新时都感到自身的热烈、幸运。"

贴近性命的写作，终不像是肋骨一样，是任何人都可以一清二楚地数落清的东西。诗人的写作更像路边的野草，是颇为野生的东西。而且，冰川兄热爱那使人昏眩然后在体内加深黑暗的东西，"要把体内混沌暗黑的东西燃成点点火星和火焰，让被焚毁的美好奉献臻于完美"。像冰川兄他对路边的野草、小草如此认真的人，肯定寥寥无几。看冰川的诗句，就像是月下练剑，那若有若无地一闪一刺一劈的含混、偷险、自由、随心游戏等种种状态，像是来自灵心深处的能量迸发，正是这些"无法无理"的剑刺——那些破碎的句法剑尖非常规大写特写，他就想把世上不一致的事物、合情不合理地聚在一起，让它们呈现人情万种的自然一致的样子。这一刻，诗向他扑来，由此泄露了人类灵魂的渴求、裂缝与光芒。这光芒主要由语言构成。

可以说，他的诗、画由他独特的人生经验、性格和文质教养形成。他诗的性格，就像他的绘画、像他的人一样，有他内敛难见的经年累月的真身在。他特别善于从绘画里运用很有色彩感的对比意象，比如黑夜里的盐、雪鸦、白雪黑雪、蝴蝶、灯笼、桃花、梅花等，使诗句具有了绘画般的肌质感。

就像在诗篇《新年荷兰夜的大雪》中，"新年荷兰夜的大雪，扎根似的横穿麦田，像天鹅出现在天"等这样的诗句，反差强烈的画面不仅营造出独特黑白审美意境，更暗示着生命存在的矛盾与统一。

在他的笔下，黑色不再是死亡的象征，白色也不再是纯洁的代名词，二者相互映照，共同构建了一个充满混沌张力的诗意空间。

他的诗歌提醒我们：真正的诗意不在远方，而在我们内心深处那片未被污染的净土。

我还读到了青春与死亡，是冷冰川诗歌中贯穿始终的主题。它们相互交织、碰撞，展现出生命的复杂与无常。青春在他的笔下，是激情与欲望的象征，是生命原始力量的体现。

例如，在《一笔一划》中，他写道："连着白骨的白骨戴着草帽，编着年少天真的指环。"以"年少天真"修饰青春，而"连着白骨"则暗示了青春背后隐藏的死亡阴影，充满了生命的张力。死亡在他的诗中并非终结，而是一种深刻的存在，是对生命意义的追问。如"我跨过它贫穷的尸体，等它走完剩下的旷野"，诗人将死亡具象为"贫穷的尸体"，"跨过"与"等"这两个动作，体现了他对死亡的凝视与思考，在直面死亡中探寻生命的真谛。

我知道，冷冰川的诗歌创作起始于八十年代，那是一个中国社会和文化发生深刻变革的时代，也是理想主义、激情与浪漫蓬勃生长的黄金岁月，同时，也是一个物质贫乏的时代。当时的冷冰川在南通工艺美术研究所工作，在学习艺术的过程中，鲁迅选编的比亚兹莱、麦绥莱勒、肯特和柯勒惠支画集，以及丰富的诗歌文学作品，为他的创作注入了最初的灵性源头，让他在时代的洪流中融入了特异"个人"的记忆，开始构建属于自己的艺术语言体系。

此后，他旅居荷兰、西班牙，在跨文化的语境下，其诗歌创作不断沉淀和深化，在漫长的四十年时光里，这些诗作被他隐藏，直至两本诗集的出版,才得以见到一个语言所构成的诗篇的花园。

有些生命拥有一种神秘,隐藏在被生活所遮蔽的地方,需要诗去揭秘。他们是谁?他们的灵心秘密包藏在生命自身奥秘的最深处,由他们独特的人生经验、性格,与久远的教养形成的。是的,冰川的诗有性格有真身,就像他的"刻墨"绘画一样,经年累月,那画中的纯真少女、真善、自然没变,而她周遭的环境却经历了深刻的变化。他画的是那深刻的变化,他写的也是那深刻的变化。

在一个巨变的世界,人人彼此接近,又彼此相背,在洪流里作为一个创作人站在自己的时代之外,实践着一种自然、本能又冷冽的诗写,其中流露着人性、敬畏、谦逊和一颗纯彻的心,自有当代真实不虚的自然呼吸、细节、热忱……

像冷冰川这样真正的创作者、艺术家、诗的铁匠,他总能在孤单中找到自己纯真的亮点;创作中最伟大的力量都来自纯真的心——而纯真,是真理的另一种折射。那是"塑造""傲骨""活着"。热烈地活着,就像这本诗集,经历了岁月的陈酿,来到了我们的面前,而我们阅读的时候,就能够和时光中的自己相遇。

2025 年 2 月 25 日星期二

图书在版编目（CIP）数据

荷兰的心 / 冷冰川著. - - 北京：人民文学出版社，2025. - - ISBN 978- 7- 02- 019244- 1

Ⅰ. I227

中国国家版本馆 CIP 数据核字第 2025TG6230 号

责任编辑　李义洲　黄岭贝
责任印制　王重艺

出版发行　人民文学出版社
社　　址　北京市朝内大街 166 号
邮政编码　100705

印　　刷　北京顶佳世纪印刷有限公司
经　　销　全国新华书店等

字　　数　70 千字
开　　本　880 毫米×1230 毫米　1/32
印　　张　8.875
版　　次　2025 年 7 月北京第 1 版
印　　次　2025 年 7 月第 1 次印刷

书　　号　978- 7- 02- 019244- 1
定　　价　108.00 元

如有印装质量问题，请与本社图书销售中心调换。电话：010- 65233595